그곳에 가고 싶다

그곳에 가고 싶다

발행일	2016년 10월 28일		
지은이	이 주 성		
펴낸이	손 형 국		
펴낸곳	(주)북랩		
편집인	선일영	편집	이종무, 권유선, 안은찬, 김송이
디자인	이현수, 이정아, 김민하, 한수희	제작	박기성, 황동현, 구성우
마케팅	김회란, 박진관		
출판등록	2004. 12. 1(제2012-000051호)		
주소	서울시 금천구 가산디지털 1로 168, 우림라이온스밸리 B동 B113, 114호		
홈페이지	www.book.co.kr		
전화번호	(02)2026-5777	팩스	(02)2026-5747

ISBN   979-11-5987-250-1 03810 (종이책)
        979-11-5987-251-8 05810 (전자책)

이 도서의 국립중앙도서관 출판예정도서목록(CIP)은 서지정보유통지원시스템 홈페이지(http://seoji.
nl.go.kr)와 국가자료공동목록시스템(http://www.nl.go.kr/kolisnet)에서 이용하실 수 있습니다.
(CIP제어번호 : CIP2016025240)

그곳에
가고 싶다

이주성 지음

북랩 book Lab

우리는 지금 급행열차를 타고 알 수 없는 목적지를 향해 달려가고 있습니다. 차창 밖의 풍경을 보지 않고 급히 지나갑니다. 삶은 없고 목적만 있습니다. 목적지에는 허무밖에는 없는데 말입니다.

우리는 달리지 않으면 종속될까 봐 불안합니다. 옛것이 가차 없이 버려지고 새롭게 만들어진 휴대 전화도 금방 헌것으로 변하는 격변의 시대를 살고 있습니다. 일단 정지를 무시하고 달리다 결국 사람들은 허무하게 죽음을 맞이합니다.

우리는 완행열차로 갈아타야 합니다. 차창 밖으로 보이는 들판과 나무와 꽃들을 볼 수 있어야 합니다. 일단 정지하고 뒤돌아보며 안식해야 합니다. 조금 가난하게 살면 어떻습니까?

이 책은 지금까지 세상에서 허우적거리며 실패만 거듭해 온 사람의 슬픈 고백이면서 남은 인생을 아름답게 마무리하고 싶은 황혼의 이야기입니다. 사라진 옛것들에 대한 그리움과 도시화를 절망하다가 느낀 감정들을 썼습니다.

앞만 보며 달려온 이 땅의 지친 사람들에게 조금이나마 과거의 한가함과 여유를 돌아보고 우리들의 남은 삶들을 생각하는 멈춤의 시간들이 되었으면 합니다.

이 책을 삶에 지친 모든 도시인들에게 드립니다.

2016년 10월 새벽

잃어버린 것을 찾아서

바람 소리처럼 멀리 사라져 갈 인생길

텅 빈 가슴속에 가득 채울 것을 찾아서

우린 정처 없이 떠나가고 있네

여기 길 떠나는 저기 방황하는 사람아

우린 모두 같이 떠나가고 있구나

끝없이 시작된 방랑 속에서

어제도 오늘도 나는 울었네

어제 우리가 찾은 것은 무엇인가

잃은 것은 무엇인가 버린 것은 무엇인가

오늘 우리가 찾은 것은 무엇인가

잃은 것은 무엇인가

남은 것은 무엇인가

- 조용필의 '어제 오늘 그리고'

몇 달 전 밤 10시가 조금 넘어서 버스를 타고 퇴근하는데 버스 안에서 흘러나온 노래다. 조용필의 특유의 호소력 있는 목소리로 부르는 마지막 가사가 가슴을 울린다. '오늘 우리가 찾은 것은 무엇인가, 잃은 것은 무엇인가, 남은 것은 무엇인가.'

조용필 자신이 가사를 썼기 때문인지 노래가 한층 호소력이 있다. 조용필은 나와 나이가 같다. 같은 만화를 보았고 같은 종로 거리를 걸었다.

이후 나는 밤 10시가 넘어 목적도 없이 버스를 타는 버릇이 생겼다. 보통 10시 이후에 버스를 타면 사람들이 붐비지 않고 라디오에선 노래가 흘러나온다. 어제는 가사의 의미를 진행자가 설명해 주며 'Yesterday when I was young'이 흘러나왔다.

어렸을 때의 영상들이 빠르게 지나갔다. 7살까지 경기도 안양에서 자랐다. 집 앞에는 포도나무와 참외, 수박, 딸기를 심은 밭이 있었고 집 뒤로는 뒷동산이 있어 나무에 그네를 만들어 타던 기억이 난다. 밭을 지나면 신작로가 있고 그 너머에는 논이 있어 여름에는 메뚜기를 잡고, 겨울에는 썰매를 타고 팽이를 치며 연을 날리던 기억이 있다. 조금만 가면 안양천이 있어 진흙으로 온 몸을 바르고, 소라를 잡고, 남의 밭에 들어가 참외를 서리해서 먹던 어린 시절이었다.

집안사람들 이야기로는 우리 집터가 범계역 근처라고 들었다. 지하철을 타고 범계역을 지날 때마다 어디선가 고향 냄새가 난다. 흙먼지 날리던 신작로가 마음에 남는다.

미아리 산동네에서 초등학교를 다녔다. 산동네라고 하지만 초창기에는 집이 별로 없어 산속에 살았다고 말해야 옳을 것 같다. 집에서 정릉 버스 종점까지는 40분 정도의 산길이었다. 봄에는 진달래와 개나리가 아름답게 피어 있는 길이었고 가을에는 여기저기 단풍을 보며 걸었다. 이제 집터는 흔적도 없이 사라졌고 정릉까지 가는 길에는 흙을 발견할 수 없다. 아스팔트와 시멘트 건물로 가득하다. 병정놀이를 하던 돌산에도 아파트가 지어져 있다. 그곳에 가도 그때의 산길은 마음의 풍경으로만 남아 있다.

나의 65년을 돌이켜 보면 농촌과 산속과 빈터가 있는 도시 외곽에서 흙벽돌집을 짓고 살던 유년 시절과 도시 빈민으로 서울 전역을 떠돌던 청년 시절, 결혼하여 아파트에서 30년 이상을 살고 있는 지금으로 구별된다. 농경 사회, 산업 사회, 정보화 시대를 거쳐 인공 지능 사회를 다 경험하고 있다.

그 소용돌이 속에 휩쓸려 떠내려가고 있는 나는 사라져 버린 옛것들(고향과 젊음)을 바라보면서 안타까워한다. 그러한 시대의 변화, 시간의 변화를 어쩔 수 없이 받아들이지만 그런 만큼 옛것에 대한 나의 애착은 더욱 깊어만 간다.

춥고 어둡고 불안한 유년 시절에는 하늘 가득한 별들과 귀여운 옹알이를 하며 흐르는 집 앞의 개울을 보며 위로를 받았고, 더러워진 도시 속에서는 미친 듯이 운동하며 현실을 잊고 지냈지만 이제는 숨죽이며 거울 앞에 서 있을 뿐이다. 고향에서 뿌리 뽑힌 영혼은 세월과 함께 꾸역꾸역 살면서 몸과 함께 추하게 메말라 버렸다.

나의 살던 고향은 꽃피는 산골

복숭아 꽃 살구 꽃

아기 진달래

- 홍난파의 '고향의 봄'

나는 이 노래를 부를 때마다 눈물이 주체 없이 흐른다. 그리고 말년에 아늑한 곳으로 내려가 복숭아와 살구, 아기 진달래를 심고 싶다.

목차

3. 삶

4. 진료실에서

1. 그리움

닥터 지바고

영화 '닥터 지바고'를 처음 본 것은 고등학교 1학년 때, 단체 관람으로 간 대한 극장에서였다.

일 년에 두어 번, 오전 수업을 마치고 오후에는 수업이 없어 영화 구경을 하곤 했다. 볼거리가 별로 없고 가난했던 시절, 영화는 사람들을 웃기고 울리며 힘든 삶을 위로해 주었다. 그날도 논다는 기분으로 친구들과 떠들면서 극장으로 향했다.

영화가 시작되면서 나는 영화에 빠져들어 갔다. 영화 전편에 흐르는 서정의 아름다움은 감성이 강한 사춘기의 나를 사로잡았다. 아름다운 자연은 나에게 열병을 앓게 했으며 그 강호(江湖)에 대한 깊은 시름은 아직도 남아 있다. 특히 지바고가 '바리키노'에 돌아와 아내와 둘이서 감자를 캐는 장면과 시를 쓰는 장면은 나에게 의사와 농부와 시인이 되고 싶다는 생각을 갖게 했다.

그 후 몇 년 동안 산속이나 강가에서 보낸 시간들이 많아졌다. '가나안 농군 학교'도 여러 번 답사하여 돌아가신 김용기 선생님과 그 가족들도 만나 보았다. 비 오는 날이면 그 천국 같은 농장을 정신 나간 사람처럼 바라보곤 했다. 경기도 황산에 있는 만평의 농원에는 감자와 고구마, 토마토와 가지, 포도나무와 사과나무 등이 심어져 있었다. 비를 맞은 농장의 모습은 한 폭의 그림 같았다.

김용기 선생님은 우리나라의 식량 자급자족을 위하여 농장을 일구었지만 나는 흙과 함께하는 삶 자체를 동경했다. 그 무렵 영국의 낭만파 시인인 키츠, 워즈워드, 예이츠와 신석정, 김영랑 시인처럼 자연을 노래한 시들에 빠지기도 하였다.

45여 년의 세월이 빠르게 지나갔다. 긴 방황 끝에 의과 대학에 입학했고 졸업, 결혼 후 남편과 아버지가 되었다. 숨 가쁜 현실 속에 남편과 아버지의 책임으로 하루하루를 지내다 보니 자연에 대한 동경과 열병은 나의 무의식 속에 잠들어 있다가 가끔씩 꿈틀댈 뿐이었다.

깊은 산속을 걷거나 아름다운 강가에 앉아 있으면 문득 고등학교 때의 자연에 대한 격정이 스쳐 지나가지만 병원에 출근하여 일상으로 돌아오면 책임이라는 무거운 짐에 눌려서 감정은 정지, 응고되고 만다.

최근에 이 영화를 다시 보았다. 나이 들어 다시 본 영화는 여전히 아름다웠지만 서정의 아름다움과 자연에 대한 열병을 앓던 고등학교 시절만큼 가슴 설레지는 않았다. 반면에 한 개인의 삶이 자신의 의지와 상관없이 어디론가 끌려가는 모습을 보게 된다.

의사 '지바고'는 볼셰비키 혁명을 맞이해서도 자신의 영적 독립성을 지켜 나가며 진리를 탐구하는 고독한 사람이다. 평범한 인생을 살려 하지만 1917년 혁명은 그의 운명에 심각한 변화를 가져오고 자기 의지와 상관없이 혼란과 경제적 궁핍, 사유 재산의 몰수, 체포와 이별, 병들고 죽는 모습에 이르기까지 어떤 운명의 보이지 않는 손에 의해 이끌려 가게 된다. 큰 역사의 흐름 속에서 개인 의지가 무시되고 꿈이 상실되는 현실의 고뇌가 느껴진다.

지난 45년을 돌아보면 거역하지 못할 커다란 삶의 굴레가 지금까지 나를 이끌어 온 느낌이다. 내가 선택한 것보다 선택된 것들이 더 많다. 뿌린 대로 거둔다는 게 어느 정도 맞는 말이기는 하지만 탄생, 부모, 노화, 죽음, 시대, 계절의 흐름 등은 우리가 선택할 수 있는 범주가 아니다. 전쟁이나 정치 상황, 지진, 경제적 어려움 등 주위의 사건들이 나의 선택과는 무관하게 벌어지고 그것이 나에게 직·간접적으로 영향을 주고 있음을 보며 나는 무력감에 젖어든다.

지난 반세기 동안 그나마 있던 자연은 사라지고 도시는 경쟁으로 분주해졌다. 나는 그 속에서 허우적대며 살아온 느낌이다. 사방이 콘크리트로 둘러싸인 도시에서 석회화되고 있는 나를 발견한다.

나의 인생의 종점에서 '닥터 지바고'를 다시 보게 되면 또 무엇을 느낄 수 있을까? 자연에 대한 그리움일까? 운명에 대한 무력감일까? 아니면 마지막 장면에 나오는 죽음과 죽음 뒤의 한 인간에 대한 영향력의 단상일까? 아마도 운명을 응시하며 삶의 마지막 불꽃을 태워야겠다는 나만의 영감을 얻을지도 모르겠다.

지나온 시간보다 훨씬 짧은 시간이 지금 나에게 남아 있다. 그 남은 시간을 내 무의식 속에 울고 있는 슬픈 염원들을 위로해 주고 더불어 해방시켜 주는 시간으로 채우고 싶다. 내 안에 울고 있는 것들이 무엇인지를 듣기 위해서 나는 조용히 눈을 감는다.

창밖에 눈이 내리고 있는 고요한 밤이다. 가로등 불빛 속에 내리는 눈은 바람따라 이리저리 흩날리고 영화 '닥터 지바고'에 나오는 설경이 영상으로 지나간다.

오늘 밤은 바리키노에서 감자를 캐는 지바고를 만나는 꿈을 꿀 것 같다. 깊은 산속 호숫가의 초가집, 난로 옆에서 시를 쓰며 행복에 겨워 미소 짓는 나를 만날 것도 같다. 그렇지 않다면 아직도 무거운 짐을 지고 가는 슬픈 나를 발견하게 될지도 모르겠다.

구름은 흘러도

"지금 이 생활이 나중에 좋은 추억이 될 것일세."

내가 법과 대학을 중퇴하고 한참 방황하던 시절, 제천에 있는 화전민 촌에 들어가 약 8개월 동안 기거한 적이 있다. 1972년 봄부터 가을까지 고시 공부를 한답시고 책을 한 보따리 짊어지고 들어갔었다.

굳은 결심을 한 뒤였지만 그곳의 자연에 빠지자 8개월이 하루같이 지나갔다. 지천으로 피어 있는 이름 모를 꽃들과 사방에서 지저귀는 새소리, 쏟아질 듯 가득한 밤하늘의 별들, 밤에는 여기저기서 짐승 우는 소리가 들렸고, 바람이 부는 날이면 나무들이 부딪치는 소리가 무슨 공룡들의 울음소리처럼 들려왔다.

봄에는 울긋불긋 꽃들이 지천으로 피어 있었다. 초록의 갖가지 여름 나무들과 가을의 단풍들, 비가 온 후 졸졸 흐르는 계곡물까지. 나는 굶주려 걸식하는 사람처럼, 또 방전된 배터리처럼 숲속을 헤매고 다니며 자연을 내 마음에 채우고 빨아들였다. 고등학생 때의 자연에 대한 갈망이 채워지고 채워지는 시간이었다.

별유천지비인간(別有天地非人間). 에덴동산이 이와 같지 않았을까.

독일어, 서반아어, 민법 총칙, 행정법, 외교학 등 외무부에 들어가려고 가지고 갔던 책은 덮어 놓고 자연과 하나가 되어 버렸다.

전깃불이 들어오지 않아 호롱불 빛만이 어둠을 비추고 있는 밤은 적막 그 자체였다. 가끔 들려오는 짐승의 울음소리와 아무것도 보이지 않는 칠흑 같은 밤, 바람이 불어 나무가 흔들리며 소리를 낼 때에는 무섭기도 하였지만 무수한 하늘의 별들을 바라보며 나는 에덴동산의 아담처럼 하루하루가 행복했다.

아편으로 자산을 탕진하고 가족과 이곳에서 화전을 일구어 생계를 꾸려 가고 있는 세 가구. 그중 내가 묵고 있던 집주인 아저씨가 한 말이 있다. 바로 '좋은 추억이 될 것'이라는 말이었다.

지금 생각하면 좋은 추억 정도가 아니다. 이 시기가 없었다면 내 인생은 자연에 대한 허기짐으로 아마도 병들지 않았을까 생각된다. (밥은 보리와 옥수수와 감자를 섞어서 만든 것인데 지금 생각하면 건강식이었다.)

내가 묵고 있던 집에는 여섯 식구가 살았는데 군대 갔다 온 큰 아들과 내 또래의 작은 아들, 중학교 3학년인 셋째 아들, 그리고 6학년인 딸이 있었다.

큰 아들은 아버지 고추 농사를 도우며 소를 몇 마리 키우고 있었다. 지금처럼 묶어서 항생제와 사료를 먹이며 키우는 것이 아니라 꼴로 죽을 쑤어 주거나 풀이 많은 곳에 풀어 놓아 마음대로 먹게 했다. 소를 타고 버들피리를 불며 돌아온 적도 있다.

작은 아들은 서울에서 회사에 취직했고, 중학교 3학년인 아들은 걸어서 1시간 정도 떨어진 학교에 다니고 있었는데 책을 보자기에 싸서 허리에 차고 뛰어 다녔다. 서울에 있는 고등학교에 입학하겠다고 나보다 열심히 공부했다.

지금 생각하면 그 집의 한 달 생활비는 지금의 돈으로 계산해도 20만 원이 넘지 않았을 것 같다. 일단 과외비가 전혀 들지 않았고, 식사도 자체 생산한 것이고, 나무로 난방을 했고, 전기가 들어오지 않으니 전기세도 없었다. 우물물을 길어서 썼으니 수도세도 없었다. 소득세나 재산세 걱정을 하지 않아도 되었고, 자동차 보험이나 자동차세도 물론 없었다.

생활에 꼭 필요한 것들만 있으면 되었다. 가구라야 작은 밥상 겸 책상이 있었고, 냄비와 솥이 하나씩, 대야가 하나가 있었던 것도 같다. 침대와 소파는 어울리지도 않고 필요하지도 않았다. 최소한의 문명만이 있었다. 가끔 집에서 기르던 닭을 잡거나 산에 있는 꿩이나 산짐승들을 잡아먹으며 부족한 영양분을 보충했다.

지금도 나는 확신한다. 남들과 비교하지 않고 소박하고 현명하게 생활한다면 이 세상을 행복하게 사는 것이 힘든 일이 아니라고 말이다. 노동이 고되기는 했지만 도시 사람들처럼 복잡한 고민들은 없었다. 고추 농사가 잘되는 것이 그들의 유일한 꿈이었다.

그해 가을, 온 산이 붉게 물들어 다른 세상이 되었다. 나는 동화 속에나 나올 그때의 풍경을 잊을 수 없다. 이름 모를 봄꽃들과 여름의 싱그러운 신록도 나를 행복하게 하였지만 가을의 단풍만큼 황홀하지는 못했다.

나는 그곳에 있고 싶었다. 그냥 고추 농사를 지으며 살고 싶었다. 벌통을 치며, 옥수수를 심으며, 그곳에 있고 싶었다.

시인 김상용은 나와 같은 마음으로 시를 지었을 것이다.

남(南)으로 창(窓)을 내겠소
밭이 한참갈이
괭이로 파고
호미론 풀을 매지요

구름 꼬인다 갈 리 있소
새 노래는 공으로 들으랴오
강냉이가 익걸랑
함께 와 자셔도 좋소

왜 사냐건
웃지요

- 김상용의 '남(南)으로 창(窓)을 내겠소'

그해 늦가을, 산에서 내려와 외무 공무원 시험을 포기하고 집안의 강권으로 예비고사를 다시 본 뒤 의과 대학에 입학하게 되었다. 이따금씩 그 산골의 자연과 산골 아이에 대한 단상이 스쳐 갔지만 의대 공부와 결혼, 개업 등 바쁜 도시 생활과 가정에 대한 책임에 묻혀 버렸다.

얼마 전 병원에 50대 중반의 여인이 습진으로 내원했다. 어디서 많이 본 얼굴 같아서 "어디서 살았습니까? 고향이 어디죠?" 하고 물어보기 시작하였다. 그 여인도 나를 유심히 보는 것 같았다. 우리는 동시에 제천의 청년과 초등학생이었음을 알게 되었다. 그 여인의 눈에는 물기가 비쳤다.

검은 눈이 초롱초롱하고 도시의 때가 묻지 않아서 너무나 순수한 아이였다. 계곡물에서 발도 씻겨 주고 읍내에 나갈 일이 있으면 만화책도 사다 주곤 하였다. 친구가 없었던 아이는 나를 무척 따랐다. 아이와 손잡고 꽃핀 산길을 걷다가 소나기가 내리면 큰 바위 밑에서 비를 피했다. 젖은 모습을 바라보며 웃던 기억이 새롭다. 그 아이는 커서 나와 결혼하겠다며 웃었었다.

여인은 40여 년 전에 있었던 일들을 소상하게 기억하고 있었다. 내가 자신의 때가 낀 새까만 손과 발을 씻겨 주었고, 여자는 자신의 몸을 가꿔야 한다는 말을 했다고 한다. 그 후 자신의 몸을 가꾸는 일에 게으르지 않았다고 한다. 그래서 그런지 우아하고 세련되고 중후한 모습의 여인으로 변해 있었다.

중학교를 졸업한 뒤, 서울에서 자리 잡은 오빠의 도움으로 고등학교와 대학교를 나오고 결혼도 하였지만 지금은 이혼하고 두 아들과 함께 그런 대로 잘 살고 있다고 했다. 결혼하기 전에도 이혼한 후에도 내가 가끔 생각나기도 했단다.

퇴근 후에 그녀와 저녁을 함께 먹으면서 지난 40여 년의 긴 시간들을 이야기했다. 무려 44년이었지만 1시간 안에 모두 이야기할 정도로 작은 분량밖에 되지 않아 놀랐다. 그 산골 가운데에 도로가 나서 집이 있던 자리에는 카페가 생겼다고 한다. 계곡과 마당, 꽃과 나무, 호롱불은 없어지고 아스팔트로 포장된 도로와 카페의 불빛으로 어지럽다고. 이제는 밤하늘의 별들도 예전처럼 초롱초롱하지 않다고.

　또 그곳에 침범한 문명이 그들을 도시로 내몰았고, 그래서 지금까지 쫓기듯 바쁘게 살아왔다고 했다. 전기가 들어오지 않은 그곳에서 등잔불 아래 옹기종기 모여 라디오 연속극을 숨죽이며 듣던 시절이 그리워지고, 야생화가 지천으로 피고 호랑나비가 앞서거니 뒤서거니 하면서 걸었던 산길이 마음에 살아 있다고도 했다.

　문명과 더불어 늙어 버린 우리들도 이미 그때의 순수했던 젊은 청년과 어린 초등학생은 아니다. 경쟁과 정욕으로 가득한 도시 속에서 이리 찢기고 저리 찢겨 흐려진 마음과 눈동자를 소유하게 되었다. 우리들은 40년 전의 순수를 찾아내려 애썼다. 꽃길을 걷던 청년과 아이로 돌아가고 싶었다.

　창밖을 보았다. 심한 황사로 사람들의 표정은 고통스럽고, 고개 숙인 발걸음은 무겁기만 하다.

메리 크리스마스

이제 모두 세월 따라 흔적도 없이 변하였지만

덕수궁 돌담길엔 아직 남아 있어요

다정히 걸어가는 연인들

언젠가는 우리 모두 세월을 따라 떠나가지만

언덕 밑 정동 길엔 아직 남아 있어요

눈 덮인 조그만 교회당

향긋한 오월의 꽃향기가

가슴 깊이 그리워지면

눈 내린 광화문 네거리 이곳에

이렇게 다시 찾아와요

- 이문세의 '광화문 연가'

눈 내리는 12월 24일, 크리스마스 전날 아침. 출근길 차 안에서 '광화문 연가'가 흘러나온다. 이영훈이 작곡, 작사하고 이문세가 부른 노래다. 이영훈의 노래는 언제나 감성과 서정과 순수가 넘친다.

'눈 덮인 조그만 교회당'과 '아직 남아 있어요'라는 가사가 마음에 남는다. 크고 화려하게 직선으로 변해 버린 광화문 주위에 덕수궁 돌담길과 정동의 골목길이 아직도 남아 있어 위로를 주고 아득한 그리움에 젖는다는 노랫말이다. 이런 감성의 사람이라 메마른 도시를 견디기 힘들어 오십도 되기 전에 요절했나 보다.

광화문 주위에 있던 국제 극장, 국회 의사당, 시민 회관, 우미관, 종로BOOK센터 등의 과거가 사라졌다. 세월 따라 흔적도 없이. 눈부신 발전이라 하지만 높은 건물이 낯설고 사라진 골목과 옛 건물들이 그립다.

차창 너머로 보았던 국제 극장과 우미관의 간판들이 떠오른다. 그곳에서 본 '러브 스토리'와 '역마차', '미워도 다시 한 번' 등 많은 영화와 리사이틀이 생각나고 약속의 장소였던 종로BOOK센터가 그려진다. 그 안에서 책을 보다가 친구를 만나곤 했다.

나의 모교인 중동 고등학교는 수송동 85번지에 있다가 강남으로 이전했다. 전통 깊은 사학은 작은 표지만으로 남았는데 그나마 찾는 것도 한참이나 걸린다. 낡은 건물과 좁은 운동장, 딱딱한 나무 의자가 있었다.

낮은 담 하나 사이로 숙명이 있었다. 숙명도 작은 표시판을 남기고 강남으로 갔다. 등교 시간의 골목은 중동과 숙명의 학생들로 가득했다. 지금은 그녀들도 세월 따라 변하여 나처럼 나이가 들었을 것이다.

어릴 적 산동네 언덕 위에는 작은 교회당이 있었다. 흙벽돌로 짓고 벽에 하얀 칠을 한 작은 교회당이었다. 교회당 주변에 채송화, 분꽃이 핀 작은 꽃밭과 포도나무, 앵두나무 등이 있었고 작은 우물에는 두레박이 걸려 있었다. 작은 교회 안에는 가마니가 깔려 있고, 손으로 만든 소박한 의자와 낡은 풍금 옆 나무에는 종이에 쓴 찬송가 묶음이 있었다.

새벽 4시에 들려오는 교회 종소리는 은은하게 산동네에 퍼져 나갔다. 목사님이 직접 손으로 쳐서 온 동네를 깨우고 하루를 준비시키는 소리였다. 집집마다 시계가 있지는 않던 시절, 사람들은 교회 종소리로 시간을 알고 아침을 준비했다. 아날로그만이 존재하는 세상이었다.

크리스마스가 되면 동네 사람들이 모두 교회에 모였다. 그중에는 나처럼 평소 교회에 다니지 않는 사람도 많았다. 연극도 하고 초콜릿 같은 먹을 것과 문화 연필 등의 학용품을 주었기 때문이었다. 나는 생일 때도 가질 수 없었던 것들을 크리스마스 때 받을 수 있었다.

목사님은 동네 아저씨처럼 우리들을 맞아 주었다. 전기가 들어오지 않은 교회는 평소에 석유 등잔불을 켰지마는 크리스마스 때는 촛불을 켰다. 고요한 밤, 거룩한 밤이 느껴지는 크리스마스였다.

교회당 언덕에 함박눈이 내리면 종소리를 들으며 나무 썰매를 타고 신나게 내려오던 기억이 난다. 한집에 아이들이 대여섯 명씩 되어 언덕은 아이들로 가득했다.

마을에 전기가 들어오면서 세상은 밝고 화려해졌다. 눈 덮인 조그만 교회당도, 은은한 종소리도, 어둠에 묻힌 고요한 밤도, 동방 박사들을 인도하였던 별들도 사라져 버렸다.

"탄일종이 땡땡땡, 은은하게 들린다. 저 깊고 깊은 산골 오막살이에도 탄일종이 울린다."

지금은 이 노래를 부르지 않는다.

언덕에는 작은 교회당과 나무들, 꽃밭 대신 화려하고 큰 교회 건물이 들어서 있다. 안락한 의자와 영상으로 비춰 주는 찬송가 가사, 화려한 복장의 찬양 팀이 있다.

이영훈은 무엇에 절망했기에 언덕 밑 정동 길, 눈 덮인 조그만 교회당에 찾아왔는가?

노래를 들으며 눈 내리는 경인고속도로를 달린다. 차들은 무언가 쫓기듯이 질주하고, 조금만 지체해도 참지 못하고 빵빵 댄다.

언덕 위의 작은 교회당이 그리워진다. 티 없이 맑은 마음으로 썰매를 타던 그 시절이 그립다. 별들로 가득했던 맑은 하늘이 그립다.

> 흰 눈 사이로 썰매를 타고 달리는 기분 상쾌도 하다
> 종이 울려서 장단 맞추니 흥겨워서 소리 높여 노래 부르자
> 종소리 울려라 종소리 울려
> 우리 썰매 빨리 달려 종소리 울려라
> 종소리 울려라 종소리 울려
> 우리 썰매 빨리 달려 빨리 달리자
>
> **- 캐럴 '징글벨'**

언제 다시 종소리를 들으며 썰매를 탈 수 있을까? 우리의 굳어진 마음에 세상의 빛이 아니라 참 빛의 종소리가 울려 상쾌함이 있는 크리스마스가 되기를 소망한다.

응답하라 1966

· · ·

오늘 병원으로 출근하다가 접촉 사고를 당했다. 골목에서 갑자기 달려 나온 차를 발견하고 급정거를 했는데 따라온 차가 멈추지 못하고 충돌한 것이다.

범퍼에 흠집이 났으나 뒤따라온 운전사는 시간이 없으니 명함을 주고 가겠단다. 골목길에서 나온 차도 얼마나 급한 일이 있으면 주위를 보지 않고 달려 나왔겠는가. 나는 명함을 받고 경인고속도로로 들어섰다. 차들은 일렬로 서서 바삐 달리고 있었다.

앞차가 조금만 늦게 달리면 빵빵대며 추월하니 원하지 않아도 속도를 낼 수밖에 없다. 모든 사람들이 속도에 중독되어 있는 듯하다. 도대체 느림을 참지 못한다.

경주시 동성로의 한 금은방에 손님을 가장한 이집트 출신의 A씨(31)가 업주 S씨(67)를 흉기로 찌르는 사건이 발생했다. 강도 사건 발생 3분 만에 범인을 체포한 '초단기 검거 작전'이 펼쳐졌는데 이같이 짧은 순간에 외국인 강도를 붙잡을 수 있었던 것은 ○○○ 시스템 덕분이었다.

얼마 전 일어난 살인 사건에 대한 모 방송 매체의 보도 내용이다. 내가 간접적으로 아는 피해자는 칼에 찔려 곧 사망했다. 그런데 보도 내용은 한결같이 3분 안에 경찰이 출동했다는 것과 그것이 ○○○ 시스템 덕분이었다는 찬양뿐이다. 사람이 죽었는데 가족의 슬픔에 대한 내용은 어디에도 없다. 보도를 접하는 사람들도 3분 만에 출동하여 효율적이고 신속하게 처리했다는 데에만 놀라워하고 생명에는 관심도 없다.

도시에는 효율과 빠름과 결과만이 선(善)이고 다른 어떤 것도 무의미하다. 분업화되고 정보화되면서 우리는 알게 모르게 삶과 생명을 상실한 시대에 살고 있다.

드라마 '응답하라 1988'은 지속적으로 높은 시청률을 기록하다가 막을 내렸다. 공중파 방송에서 방영했다면, 그리고 인기 배우들이 출연했다면 더 많은 사람이 보았을 것이다. 값싼 출연료 덕분에 방송사는 많은 수입을 올렸다고 한다.

드라마에는 그 당시 쌍문동의 근처 풍경과 집안 구조, 의복과 헤어스타일, 그때의 배경 음악 등이 나온다. 또 나쁜 사람들이 등장하지 않고 폭력과 불륜도 나오지 않는다. 사람들은 나이가 들면 어린 시절을 회상하며 아련히 다가오는 순수와 알 수 없는 포근함을 느끼나 보다.

초등학교 아이들도 이 드라마에 열광했다는 보도는 또 다른 의미를 생각하게 한다. 공부라는 승부의 세계에 내몰린 아이들의 눈에도 드라마에서 볼 수 있는 여유와 사랑과 꿈이 보였기 때문이 아닌가 생각된다.

한 곳에서 개업한 지가 올해로 30년째가 된다. 개업할 당시 1986년도 부평역 근처에는 건물다운 건물이 없었다. 내가 세 든 3층 건물과 바로 옆 5층 건물이 가장 큰 건물이었다. 부평 역사도 시골 역사처럼 작았고 경인고속도로도 2차선이었다.

30년 전에는 가장 번화가인 이곳에도 신호등이 없을 정도로 한가했다. 옆 건물에 세든 사람들과 내가 있는 건물에 세든 사람들이 저녁내기 축구 시합을 할 정도로 정이 있고 살 만한 시절이었다. 밤에는 희미한 가로등 아래에서 과일을 파는 사람들과 헌 책을 파는 사람, 야바위를 하는 사람들로 거리가 붐볐다. 가게마다 극장 포스터가 붙어 있었고, 마담과 레지 아가씨들이 있는 옛날 다방들이 여기저기에 있었다.

옛날 다방이 있던 자리에는 스타벅스가 들어섰다. 벽면에 페인트로 쓴 쌍화차, 생강차 대신 세련된 커피 이름들이 낯설다. 미소를 지으며 차 주문을 받던, 지방에서 올라온 예쁜 레지 아가씨는 지금 무엇을 하고 있을지 궁금하다. 극장이 있던 자리에는 CGV가 들어서 있다. (처음 개업 당시 이곳 부평에는 높은 건물이 없어서 창문을 열면 앞산이 눈앞에 있었다.)

큰 마트들이 들어서며 길가의 과일 장사들은 자취를 감추었다. 왕복 2차선이었던 경인고속도로는 왕복 8차선으로 확장되었고, 그것으로도 모자라 제2, 제3경인고속도로가 만들어졌다. 국민 소득 1,000불이었던 시절보다 도시가 점점 규격화되고 복잡해지면서 사람들은 분주해지고 경쟁적으로 되어 갔다.

창밖의 경치를 보며 운치 있게 움직였던 완행열차는 이 시대에 불필요한 존재가 되어 버렸다. 인터넷이 조금만 느려도 참지 못하고, 새로운 휴대 전화가 나오면 바꾸어야 직성이 풀린다. 환자들도 개업 초기에는 조용히 의사 지시를 잘 들었었는데 지금은 조금만 기다리게 하면 참지를 못한다.

문명의 흐름 속에서 사람들은 여유와 안식의 시간을 잊어버리고 달려간다. 세상 문화의 큰 흐름 속에 속하지 않으면 두려움을 느낀다. 나도 그 흐름 속에서 벗어나지 못한 채 살아왔다. 급행열차를 탄 채 달려온 느낌이다.

증기 기관차는 오래전부터 보이지 않고, 한때는 익스프레스란 이름이 붙어 있던 비둘기호는 통일호와 무궁화호에 의해 사라졌다. 또 그나마도 새마을호에 의해 대체되더니 지금은 KTX만이 고속철이라는 명예를 소유하고 있다. 조만간 KTX도 더 빠른 열차가 등장하면 열차 박물관에 가게 될 것이다. 이 세상을 소풍처럼 즐겁게 살려면 급행열차에서 뛰어내리고 완행열차로 갈아타야 한다.

1952년, 아일랜드의 극작가 사무엘 베케트는 47세의 나이에 「고도를 기다리며」를 완성했다. 2차 세계 대전 중 나치를 피해 남프랑스 보클뤼즈의 농가에 숨어 전쟁이 끝나기를 기다리던 자신의 경험을 보편적 기다림으로 승화시킨 작품이다. 극은 블라디미르와 에스트라공이라는 두 늙은 방랑자가 '고도'라는 사람을 기다리는 것으로 시작하여 그 기다림으로 끝난다.

기다림은 절망을 이기는 방법이고 희망을 품는 자세다. 기다려야 숙성될 수 있고 기다려야 무언가 얻을 수 있다.

몸이 조만간에 땅에 묻혀 썩고 말 것인데도 사람들은 남에게 지지 않기 위해 좀이 파먹고, 녹이 슬며, 결국 도둑이 들어와 훔쳐 갈 재물을 모으느라 정신없이 달려간다. 그 재물을 가지고 사치와 방탕으로 몸을 더 피곤하게 하고 영혼을 병들게 하다가 땅으로 들어간다.

남들과 비교하지 않고 소박한 삶을 생각한다면 그렇게 바쁘게 살지 않아도 된다. 문명의 덫에 걸려 신음하는 것이 아니라 문명과의 싸움을 시작해야 한다. 그러면 석양에 지는 아름다운 낙조가 눈에 들어온다. 비 온 뒤의 무지개가 아름답게 보일 것이다. 봄소식과 함께 올라오는 새싹에 감탄하게 될 것이다.

세상의 큰 조류 속에 휩쓸려 자신을 잃어버리고 사는 것이 아니라 그 흐름에서 벗어나서 자신만의 인생을 개척하는 용기가 필요하다.

제천의 화전민 촌에 들어가 8개월 정도 지낸 적이 있다. 그들은 해가 뜨면 일어나 아침을 함께 먹고 밭에서 일을 하다가 점심에는 나무 그늘에서 참을 먹고, 해가 지면 집으로 돌아와 시원한 물로 몸을 씻으며 저녁을 함께했다.

당시 내 눈에는 그곳이 낙원처럼 보였다. 인간이 쫓겨나기 전의 에덴동산이 그와 같았을 것이다. 욕심 부리지 않고 자연이 허락하는 만큼 이마에 땀을 흘려 소산을 얻는 삶. 먹을 것과 입을 것이 있으면 더 이상 바라지 않았다.

'응답하라 1966'이 방영된다면 어떤 내용일까? 내가 시나리오를 쓴다면 미아리 근처를 무대로 하고 싶다. 저때의 쌍문동은 대부분 논과 밭이어서 겨울에는 썰매나 스케이트를 타러 가는 곳이었고, 여름에는 메뚜기를 잡으러 가는 곳이었다. 사람이 많이 살지 않았기 때문에 '전원 일기'의 배경이 될 수는 있지만 도시 주변의 이야기로는 부족하다.

아버지와 어머니의 헌신과 5명 이상의 가족들이 열심히 사는 가족애를 그리는 것이 좋겠다. 도로에는 자동차와 우마차가 같이 다니는 모습을 넣겠다. 전차를 기다리는 장면, 이곳저곳에 있는 빈터에서 공을 차는 아이들, 영화 포스터와 흑백 영화, 동네 공중화장실, 만홧가게에서 프로 레슬링을 보는 장면들도 나올 것 같다. 배경 음악으로는 이미자의 '동백아가씨', 최희준의 '하숙생', 배호의 '안개 낀 장충단 공원', 클리프 리처드의 'The young ones', 'Evergreen tree' 등이 흐를 것이다.

우리 세대가 '응답하라 1966'을 보면 어떤 느낌이 들까? 확실한 것은 지금보다 그 시절이 순수했고, 행복했고, 소망이 있었다는 것이다. 지금은 집도 있고, 자가용도 있고, 밥을 굶지 않고 살고 있지만 그때만큼 행복하지 않다. 풍요로움은 쓸데없이 규모가 커지고 복잡해진 것을 말한다. 불필요한 것을 유지하기 위해 분주하게 돌아다니며 지쳐 버린 우리들을 발견하게 될 것이다.

부족한 것 없이 살았다고 다 만족스러운 삶이 아니다. 또 부족하게 살았지만 다 불행한 것도 아니다. 가족이 한마음으로 꿈을 갖고 현재를 인내한다면 충분히 행복한 것이다.

종편 채널에 '나는 자연인이다'라는 프로그램이 있다. 시청률이 6% 정도로 교양 프로그램 중에서 가장 높은 관심을 끄는 프로그램이다. 이 프로그램이 인기를 끄는 이유는 누구에게든 무겁고 지루한 일상을 훌훌 털어 버리고 산속에 들어가고 싶은 로망이 있기 때문일 것이다.

나는 오늘도 도시에서 도시로 출근한다. 지난 50년 동안 건너야 할 강을 건너지 못하고 살아온 느낌이다. 숲은 나를 부르고 있었지만 애써 외면하고 살아왔다. 이제 내가 응답할 시간이다.

봄이 오는 길목에서

완행열차는 소사를 지나고 있다. 복사꽃 터널을 지나는 느낌이다. 온 동네가 복숭아나무 천지다. 황홀 그 자체이다. 열차 안에는 고등학생인 내가 있다.

나는 아버지의 자전거 뒤에 타고 있다. 태릉의 배밭은 새하얀 배꽃으로 뒤덮여 있어 동화 세계에 들어선 느낌이다. 초등학생인 내가 거기에 있다.

전철은 소사역을 지나가고 있다. 모텔과 높은 건물들의 벽을 통과하고 있다. 노인 석에는 얼굴에는 주름이 잡힌 내가 앉아 있다.

어젯밤 꿈에 보인 모습들이다. 요즘 깊은 잠을 못 자고 어릴 적 풍경들을 꿈속에서 본다. 얼마 전에는 초등학교 1학년 봄 소풍 갈 때의 모습이 보였다. 나는 빨간 배낭에 칠성 사이다와 삶은 달걀, 김밥과 센베이 과자 한 봉지를 넣었다. 그러고는 버들강아지와 진달래, 개나리가 피어 있는 개울을 따라 왕릉으로 아이들의 손을 잡고 재잘거리면서 걸어가고 있었다.

과거와 현재를 왕복하는 시간 여행을 하는 꿈이었다. 1시간에 과거와 현재가 수차례 왔다 갔다 했다. 꿈속에서는 인생이 찰나에 불과했다.

요즘 부쩍 어릴 적 풍경들이 그리워지고 꿈에서도 나타나니 24시간을 과거에 묻혀 사는 느낌이다. 나이가 들면서, 그리고 봄이 오면서 더 그런 것 같다.

1920년대에 쓰인 우리나라 소설 『빈터』에서 작가는 어렸을 때 뒷산에 있었던 솔밭이 사라진 것을 그리워하며 그때는 시가 있었고 생활이 있었다고 했다. 또 1800년대 초를 살았던 『월든』의 작가 헨리 데이비드 소로는 사라진 자연을 아쉬워하며 문명을 통렬히 비판했다.

가수 이동원이 정지용의 시 '향수'를 읽고 노래하고 싶어 작곡가 김희갑을 찾아갔었다. 곡을 받아 취입을 하는데 '향수'에 나타난 시인의 마음이 표현되지 않았다. 작곡가는 이동원에게 시골에 내려가 몇 달간 머물다 오라고 했다. 그는 정지용의 고향인 옥천의 산골 마을에서 머물면서 넓은 들과 게으른 황소, 실개천, 질화로, 서리 까마귀의 의미를 조금이나마 느끼고 와서 녹음을 마쳤다고 한다. 사람은 경험한 만큼 생각하고 느낄 수 있다.

요즘 사람들은 시를 읽지 않고 쓰지 않는다. 서점에는 시집들이 별로 없다. 대부분 베스트셀러는 성공에 대한 책들이다. 시를 읽고 쓸 시간도 없고 시상도 떠오르지 않는다.

별이 사라진 도시에서는 윤동주의 '별 헤는 밤'이 이해되지 않는다. 개울을 보지 못한 사람들이 김소월의 '개여울'을 읽겠는가? 정지용의 '향수'를 읽으며 무슨 상상을 할 것인가?

우리 세대는 그래도 과거에 본 별과 개울을 기억하며 시의 의미를 느낄 수 있겠지만 요즘 자라는 아이들은 문제다. 돌 지난 아이들이 휴대 전화를 장난감 삼아 놀고 있는 시대, 이들이 커서 어떤 시어들이 나올지 두렵다.

산업 혁명 후 사람들은 기계의 발전이 인간을 노동에서 해방시켜 줄 것이라 기대하며 환호했다. 그러나 도시로 모여든 사람들은 더욱 분주해지며 자연에서 소외되었고 저녁이 있는 삶에서도 소외되었다. 인공 지능 시대의 제한된 직업에서 인간들은 더욱 치열하게 살며 자연과 여유에서 소외될 것이다.

어제는 서울에 있는 좋은 대학에 합격한 환자가 입학을 포기하고 공무원 시험을 보기 위해 학원에 등록하고 오는 길이라고 했다. 대학을 졸업해 봐야 직장 구하기도 힘들고, 직장에 다닌다고 해도 언제 잘릴지 모르니 확실하게 보장되는 공무원이 좋겠다고 했다.

생존하기 위한 준비는 태어나면서 시작된다. 낭만이 사라졌고, 생활이 사라졌고, 시가 죽었다.

6살, 4살 된 아들을 둔 아버지가 병원에 내원했다. 아이들은 하루 종일 집안에서 휴대 전화를 가지고 논다고 했다. 그래서 금년부터 캠핑을 가려 장비를 마련했다고도 했다. 아이들에게 자연 속 하늘의 별들을 보여 주고, 여러 가지 꽃과 개울들을 보여 주려 한다고.

현재의 인공 지능 시대를 성실하고 책임 있게 살아 뒤처지지 않는 것도 중요하지만 나무와 꽃, 계절과 함께하며 정서적 환기를 시키는 것은 아이들의 미래를 위해서 중요하다. 참 잘하는 일이라고 칭찬해 주었다.

겨울 동안 움츠리며 고개를 숙이고 바삐 걷던 행인들의 발걸음이 가볍고 시끄러워졌다. 도시에도 겨울을 뚫고 봄이 왔다.

소사의 복사꽃이나 태릉의 배꽃처럼 끝없이 피어 있지는 않지만 아스팔트와 콘크리트 사이에서 목련과 매화, 라일락은 최선을 다해 자신을 나타내고 있으니 고맙기만 하다. 지구의 종말에도 마지막 꽃을 피우겠다는 결심을 한 듯하다. 어둡고 캄캄했던 도시가 화려해졌다. 생명이 죽음을 삼킨 것 같다.

겨울 내내 문을 닫고 있었는데 오랜만에 창문을 열고 진료를 한다. 화분들을 창가로 옮겨 놓는다. 햇볕과 바람을 맞은 나무들은 더욱 푸르게 생기를 발하고 있다.

사랑이 식고 마음이 콘크리트처럼 굳어 가는 어둡고 캄캄한 시대다. 이렇게 오래 참으며 끈질기게 세상을 밝혀 주는 꽃들을 보고 있노라면 반갑기도 하고, 감사하기도 하고, 눈물이 나기도 한다. 이 시대를 어떻게 살아야 되는지를 가르쳐 주고 있다.

돌담에 속삭이는 햇발같이
풀 아래 웃음 짓는 샘물같이
내 마음 고요히 고운 봄 길 위에
오늘 하루 하늘을 우러르고 싶다

새악시 볼에 떠오르는 부끄럼같이
시의 가슴을 살포시 젖는 물결같이
보드레한 에메랄드 얇게 흐르는
실비단 하늘을 바라보고 싶다

- 김영랑의 '내 마음 고요히 봄 길 위에'

휴가

　문을 열면 뜨거운 공기가 전철역의 손님처럼 들이닥친다. 앞으로 2개월은 문을 닫고 폐쇄된 공간에서 지내야만 한다. 겨울에도 약 5개월 문을 닫고 지냈다. 이럴 때는 내가 닭장 속에 사는 느낌이다. 아파트도 그렇고 직장도 마찬가지다.

　한가한 시간에 프랑스 영화 '마르셀의 여름'을 다시 보았다. 프랑스의 국민 작가인 마르셀 파뇰이 쓴 소설을 영화화한 것이다. 1990년에 만들어진 이 영화는 프로방스로 여름휴가를 떠나는 것으로, 100여 년 전의 프랑스 시골 풍경을 수채화처럼 아름답게 보여 준다. 말이 끄는 마차, 호롱불, 오염되지 않은 자연, 사랑이 넘치는 가정이 등장한다.

　마르셀은 프로방스에서 친구를 사귄다.

　"아무리 돈이 많아도 하루에 10끼를 먹지 않아."

　욕심 없이 자연과 함께 사는 시골 친구의 말과 그의 삶을 부러워하는 마르셀은 도시로 돌아가는 날 프로방스에 남기 위해서 산속으로 숨기도 한다.

　초등학교 교사인 아버지는 마르세이유로 첫 출근한 날, 학생들에게 말한다.

"오늘은 1900년 10월 1일이다. 현 시대, 가스와 전기와 전화가 발명되어 우리 생활이 밝아졌다. 앞으로도 문명이 발달하여 우리는 편리하게 생활할 수 있을 것이며, 평등한 민주주의 시대가 도래할 것이다."

1900년 당시 마르셀 파뇰은 5살이었다. 마르셀 파뇰은 문명이 발달하면서 분주해지고 메말라 가는 세상을 보고 어렸을적 프로방스에서 보냈던 여름휴가를 그리워하며 글을 썼을 것이다.

아버지가 말한 문명과 편리함은 도래했지만 평등함이나 쉼이 있는 시대는 오지 않았다. 100년 동안 크고 작은 전쟁이 있었고, 지금도 세상 곳곳에서 전쟁과 테러가 일어나고 있다. 기계와 정보와 첨단 기술의 발전은 생산을 증가시켰고, 절약과 청빈이 미덕인 시대에서 소비가 미덕인 사회로 변질되었으며, 직장을 잃은 사람들은 오염과 분주함으로 쉼 없이 신음한다.

옛것이 바로 헌것이 되어 버리고, 변하지 않으면 국가나 개인이 바로 종속된다는 과거의 경험이 우리를 끊임없이 재촉하며 변화를 요구한다.

100여 년 전 초등학생인 주인공이 프로방스에서 느꼈던 여유와 1950년대 초등학생인 내가 삼각산 깊은 숲속에서 느꼈던 한가함은 도시에 이제 존재하지 않는다. 100년 동안 어떤 커다란 흐름(인간의 욕망과 이기심)이 세상을 점점 지옥으로 만들어 버리고 있다.

"병원에 들어오니 시원하네요. 밖은 펄펄 끓어요. 원장님은 휴가 안 떠나세요?"

단골 노인 환자들은 병원에 들어오면서 한마디씩 한다. 약 타러 오는 날짜를 맞추기 위해서 하는 말이기도 하지만 누구나 떠나야 한다는 전제가 깔려 있는 말이기도 하다. 어김없이 더운 여름과 함께 휴가철이 왔고 사람들의 마음은 자신들의 현실에서 떠나고자 하는 본능으로 분주해진다.

일에서 해방되는 유일한 시간인 여름휴가는 생존의 영역에서 벗어나 생활의 문을 두드리는 유일한 안식의 시간이기도 하다. 설날과 추석 연휴가 있긴 하지만 이때는 집안 식구들이 모이는 의무에서 자유롭지 못하기 때문에 사람들은 모든 것을 잊고 훌쩍 떠나고 싶은 여름휴가를 손꼽아 기다린다. 휴가는 이런 무거운 짐에서 해방되는 시간이다.

요즘처럼 없는 환자를 기다리는 초조함이 없어서 좋고, 퇴근할 때 없는 수입에 허탈한 마음이 없어 좋고, 모든 만물이 잠든 고요한 밤에 보고 싶은 책 마음껏 보고 늦잠을 자도 아무 근심이 없어 좋다. 오염되고 소란한 도시를 떠나 별들을 마음껏 볼 수 있는 깊은 산속이나 조용한 바닷가라면 더욱 좋을 것이다.

우리 개업의의 삶이 기쁘고, 창조적이며, 참을 수 없는 그 무슨 충동의 삶이 아니라 그날이 그날 같고, 기계적이고, 메마르고, 갇힌 삶이다 보니 자유와 해방의 추구가 누구보다 강한 것이 사실이다. 의과 대학생 시절과 수련 과정, 군 생활의 긴 준비 기간과 없는 돈에 빚을 낸 개업까지. 수입과 세금, 보험 청구 등 여러 걱정과 폐쇄된 진료실에서의 하루하루 변화 없는 삶에 지쳐 버렸다. 자신의 존재와 꿈을 잊고, 또 잊어버린 채 살고 있다. 생존에의 의지와 의사로서 부여된 책임이 다른 직업을 가진 사람들보다 정력에의 소비를 가중시킨다. 은퇴 없는 직업은 은근히 무한 책임을 요구한다.

사람들이 떠난 도시는 텅 빈 느낌이고 출퇴근 거리는 뻥 뚫렸다. 움직이는 것들(차, 사람)은 없고 정지된 것들(도로, 집, 가로수)만이 가득한 요즘 도시 풍경이다. 차와 사람들이 떠난 비 오는 도시의 밤은 시멘트와 아스팔트로 가득해 유령이 사는 곳 같다. 오직 신호등만이 자신의 임무를 수행하려 깜빡이고 횡단보도를 건너는 사람은 없다. 도시에 남은 사람들은 더위를 피해 건물들(영화관, 백화점, 커피숍 등)로 편리하게 숨어 버렸다.

사람들은 도시를 만들어 놓고 도시를 떠나고 싶어 한다. 기와집과 양철 지붕, 초가집이 사라지고 빌딩만이 존재한다. 곡선은 사라지고 직선만이 존재한다. 꼬불꼬불 골목길은 없어지고 차들이 다니는 아스팔트 도로만이 존재한다.

요즘 지자체마다 골목길을 상품화하려고 애를 쓰고 있다. 골목길을 잃어버린 사람들이 그곳을 찾는다. 순천에는 옛날 1960년대의 산동네를 인위적으로 만들어 돈을 받고 입장시키고 있다.

골목길 접어들 때에
내 가슴은 뛰고 있었지
커튼이 드리워진 너의 창문을

말없이 바라보았지

- 김현식의 '골목길'

도시에서 속도에 걸림돌이 되는 골목길은 더 이상 필요치 않다. 성공에 걸림돌이 되는 수줍음을 용납하지 않는다. 도시는 편리함과 속도, 경쟁과 소란함, 욕망만이 존재한다.

휴가철, 한가한 퇴근길에 부천에 있는 만화 박물관에 들렀다. 병원을 오가는 길에 항상 봐 왔던 곳인데 갑자기 가고 싶은 생각이 들어 계획에 없는 걸음을 하게 된 것이다. 요즘 부쩍 옛날 생각이 나서 어렸을 때 봤던 만화들의 원본을 보고 싶었다.

김종래의 『엄마 찾아 삼만 리』, 김경언의 『모래알 전우』, 『의사 까불이』, 박기정의 『흰 구름 검은 구름』, 박기당의 『만리종』, 산호의 『라이파이』 등이 유리 진열장 안에 보관되어 있었다. 그리고 옛날 만화방이 만들어져 있었는데 옛날 모습 그대로였다. 벽은 만화들로 가득 채워져 있었고, 작은 공간에 희미한 백열전구와 좁고 긴 나무 의자가 놓여 있었다. 그곳에서 어른들이 옛날 만화의 복사본을 보고 있었다.

옛날 만화는 단편은 없고 보통 20편 이상 되는 연재물이다. 요즘 드라마도 마찬가지지만 만화의 마지막 장면을 아슬아슬하고 궁금하게 만들어 다음 편을 기다리게 하였다. 또 공책이나 연필을 산다고 부모님께 거짓말을 하며 만화 볼 돈을 마련했고, 텔레비전이 많지 않던 시절이라 만홧가게에 가면 장영철과 천규덕이 나오는 레슬링도 볼 수 있었다.

즐겨 보던 만화 중에 '철인 28호'와 '라이파이'가 있다. 철인 28호는 로봇이 나쁜 사람들을 물리친다는 줄거리고 라이파이는 비행접시를 타고 괴한을 물리친다는 이야기다. 그때만 해도 로봇이나 비행접시는 우리 생전에는 볼 수 없는 아주 먼 공상의 이야기였다.

그로부터 50년이 더 지났다. 우리나라는 산업화를 거쳐 정보화 시대로 급격히 변해 왔다. 산업화로 많은 사람들이 농사를 그만두고 도시로 몰려들어 도시는 비대해지고 논과 밭에는 아파트가 지어졌다. 일자리가 많아진 듯했지만 산업화가 계속되면서 근로자의 일자리는 기계가 대신하게 되었다. 연탄 공장에서 20명이 일하던 것도 5명이면 충분하게 되었고, 냉장고를 만드는 라인에 30명이 일하던 것을 3명이 일하게 되었다.

정보화가 되면서 또 많은 직종이 사라졌다. 사무직이 특히 그렇다. 1970년대에는 고등학교만 졸업하면 한집에 5-6명의 자녀들이 일자리를 쉽게 얻었지만 지금은 1-2명의 자녀들이 들어갈 일터가 없다.

감정과 인공 지능을 가진 로봇이 영화와 만화에 등장하기 시작한 지도 오래되었다. 1-2년 전부터 로봇은 인간과 비슷한 수준으로 보고, 듣고, 글을 쓰기 시작했다. 많은 전문가들은 앞으로 20년 안에 인간을 능가하는 로봇이 등장할 것이라 생각하고 있다.

인간의 역사는 더 많은 자유와 편리함을 위한 투쟁의 과정이라 해도 틀리지 않는다. 덕분에 많이 편리해졌다. 앞으로 삶은 더욱 편리해지고, 안전해지고, 풍요로워질 것이다.

지금도 일자리가 줄어 직장을 구하기가 힘들어졌는데 앞으로의 세상은 어떻게 변할까? 바로 머지않은 미래에 기계가 우리 인간보다 일을 더 잘할 수 있는 시대가 올 것이다. 지치지도 않고, 요령을 피우지도 않고, 24시간 충성하며 정확하게 정보를 수집하고 글을 읽거나 쓸 것이다. 인간은 치매에도 걸리고 실수도 하겠지만 기계는 스스로 계속 업그레이드하며 자신을 건강하고 총명하게 만들 것이다.

길거리엔 무인 자동차들이 다니고 공장엔 기계가 인간을 대신해 일한다. 영화에 나오는 미래의 모습이다. 사람들은 분명히 세상을 이렇게 만들 것이다. 옛날 만화에 나오는 로봇이나 비행접시가 환상이 아니듯이 인공 지능 기계 시대는 우리가 죽기 전에 도래할 것이다.

미래에는 사람이 기계가 필요로 하는 부속품이 될 전망이다. 운전기사, 청소부, 은행원의 일자리는 분명 줄어들 것이다. 지금 잘 나가는 직업인 회계사, 교수, 작가, 변리사, 의사 등도 마찬가지다.

오늘날 정부나 기업, 학교에서는 경쟁과 효율을 가장 중요한 원리로 삼고 이에 어긋나는 것은 모두 배제하며 참지 못한다. 더군다나 과거를 돌아보는 시각은 아주 싫어한다. 결국 인간의 중요한 가치들은 얼마나 경쟁적인가, 얼마나 효율적인가에 맞춰져 지금도 바벨탑을 쌓고 있는 것이다. 유치원부터 죽을 때까지 그렇게 욕망이라는 급행열차에서 내려올 줄 모른다.

문명이 재앙을 가져올지도 모른다. 세계에는 또 한 번 혁명이 일어날 것이다. 다시 인간으로 돌아가자는 르네상스가 시작될지도 모르겠다. 그때는 어떤 이념도 의미가 없게 될 것이다. 다시 땀을 흘려 농사를 짓던 농경 사회로 회귀할 가능성도 있다. 도시는 텅 빌 것이고 대학은 문을 닫을 것이다. 직장을 얻을 수 없는 대학이 무슨 소용이 있겠으며 직장이 없는 도시가 어떻게 존재할 수 있겠는가?

사람들은 쉼을 위해 떠난 휴가에서 소란함과 채우지 못한 허전함을 가지고 다시 생존을 위해 도시로 모여들 것이고, 시멘트와 아스팔트의 삭막함은 움직이는 것들과 네온의 불빛으로 가려질 것이다. 신호등은 또 우리에게 명령하며 간섭할 것이고, 사람들은 분주히 무거운 발걸음을 계속할 것이다. 속도를 내지 못하는 소들에게는 채찍이 기다린다. 신음하며 또 걷는다. 힘든 현실을 잊고자 일에 몰두할 것이지만 우리의 마음은 여전히 목마를 것이다.

곡선이 사라진 도시. 여유가 없는 도시. 인간의 존엄함은 예리한 직선에 잘려 존재하지 않는 도시. 흙이 없는 도시의 여름밤은 열대야로 뜨겁기만 하다.

텔레비전에는 어느 검사장과 민정 수석의 욕망이 부른 부정, 연예인과 운동선수들의 성 추문, 테러들이 연일 보도되고 있다. 지금까지 그래 왔던 것처럼 세상은 점점 메마르고 사랑이 없어질 것이다.

이천 년 전 성자의 말씀이 생각난다.

"말세에 너희들이 사랑을 보겠느냐?"

창밖에 고장 난 신호등은 깜빡거림을 계속하고 있고, 그 옆으로 방울 달린 멍에를 멘 소가 무거운 걸음을 걷고 있는 환상이 스쳐 지나간다.

MY WAY 1

오늘도 집에서 싸 준 도시락을 배낭에 넣고 산악자전거로 근처 산에 왔다. 내가 만들어 놓은 나만의 자리에서 도시락을 먹고 커피를 한 잔 마시면서 30분 정도 쉬다가 내려갈 것이다.

나만의 자리는 요즘 같은 계절에는 싱그러운 초록의 나무들과 개나리, 철쭉으로 가득한 아무도 오지 않는 조용한 곳이다. 이곳에서 잠시 분주함을 내려놓고 도시의 세속을 씻으며 자연과 하나 되어 나와 대면할 시간을 갖는다. 그 시간만큼은 내가 세상에서 가장 행복한 사람이라는 생각에 잠긴다.

어제는 가수 정미조 콘서트에 갔다. 나는 날씨가 춥거나 비가 오거나 더우면 산에 가지 않고 병원에서 도시락을 먹으며 라디오를 듣는다. 평소에 듣는 음악 프로에 정미조가 게스트로 나와 '개여울'을 부르고 있었다. 40년 만에 듣는 목소리가 반가웠다. 그런데 문자를 보내 주면 추첨해서 콘서트 무료 티켓을 보내 주겠단다. 나는 생전 처음으로 문자를 보냈다.

'아마도 정미조 씨와 나이가 비슷한, 당신의 인생과 노래를 좋아하는 사람입니다. 무슨 이유로 기쁨과 자유의 노래를 버

리고 긴 수도의 여정을 보냈습니까? 이제 돌아왔으니 자유를 누리십시오.'

1979년에 은퇴했으니 37년 만의 무대이다. 은퇴 후 파리에서 그림을 전공하고 대학에 있다가 정년 퇴임 후 다시 노래를 하게 된 것이다. 그녀는 1949년생으로 얼굴에는 많은 세월이 흘렀지만 젊음보다 한층 원숙미가 넘쳤다. 자신에게 있어 그림은 수도의 시간이고 노래는 기쁨과 자유의 시간이라 했다.

37년의 긴 수도의 시간에서 해방된 정미조는 즐거웠다. 2시간 10분의 러닝 타임 동안 정미조는 게스트인 가수 최백호가 들려준 2곡을 제외한 18곡, 발라드, 탱고, 블루스, 보사노바를 수시로 오가며 LG아트센터 1,000석을 가득 채운 팬들을 사로잡았다. 성대로 부르는 것이 아니라 마음과 영혼으로 부르는 감동과 깊이가 있었다.

1972년에 '개여울'로 데뷔하고 1979년에 은퇴했으니 7년밖에 안 되는 짧은 활동 기간이다. 그러나 관객들로 LG아트센터는 만원이었다. 대부분 나보다 나이 든 70대의 팬이었다. 계단을 힘들게 오르는 사람도 있었다.

김소월의 시에 작곡가 이희목이 멜로디를 붙인 정미조의 대표곡 '개여울'의 '가도 아주 가지는 않노라시던 그런 약속이 있었겠지요'라는 노랫말이 흘러나올 때 모두 가슴에 손을 얹었다. 무대가 시작되면서 끝날 때까지 박수가 끊이지 않았다.

새 앨범 '37'의 타이틀 곡 '귀로'를 눈을 지그시 감고 들었다. '어린 꿈이 놀던 들판을 지나 아지랑이 피던 동산을 넘어'로 노래가 시작할 때 나의 어린 시절과 지금까지의 인생을 생각했다. 어쿠스틱 기타 반주 위로 정미조가 담담하게 인생의 회한을 노래했다.

> 어린 꿈이 놀던 들판을 지나
> 아지랑이 피던 동산을 넘어
> 나 그리운 곳으로 돌아가네
> 멀리 돌고 돌아 그곳에
>
> (중략)
>
> 새털구름 머문 파란 하늘 아래
> 푸른 숨을 쉬며 천천히 걸어서
> 나 그리운 그곳에 간다네
> 먼 길을 돌아 처음으로

- 정미조의 '귀로'

얼마 전 거울을 보다가 어떤 낯선 남자의 얼굴을 보았다. 전날 피곤하기도 했지만 거울 속에 비친 얼굴은 내가 생각했던 내가 아니었다. 어느 초라한 낯선 사람이 있었다.

푹 꺼진 눈에다 숱이 적은 머리털, 잔주름이 있는 얼굴. 이 사람이 철인 경기를 했던 사람이 맞나? 매일 10㎞씩 달리고 수영을 4㎞씩 했던 사람인가? 젊음이 빠져나갔다. 어린 꿈이 놀던 들판은 지나가 버렸다.

마지막으로 부른 프랭크 시나트라의 'My way'는 애절했다. 이 곡의 반주가 흘러나올 때 정미조는 자신의 삶을 돌아보며

"해는 기울고 그림자는 길어졌지만 오늘만큼은 세상 그 누구보다 행복하다. 이 길이 어디로 이어질지 모르겠지만 서두르지 않고 천천히 가 보려 한다."고 말했다.

어금니를 하나 뺐다. 66년을 함께했던 치아였다. 이처럼 내 영혼에서 모든 육체가 빠져 나갈 때까지 오늘을 가장 행복한 시간으로 만들고 싶다.

올해로 개업한 지 30년이 된다. 나에게 이 시간은 수도의 시간이었다. 이 수도의 시간을 끝내고 멀리 돌고 돌아 처음으로 그리운 그곳으로 돌아가 정미조처럼 그 누구보다 행복한 또 다른 자유의 시간을 갖고 싶다.

별이 빛나는 밤에

한 여름의 열기가 멈췄다.

금년에도 가을이 왔다. 지나가는 행인들의 긴 옷차림 위에도 새벽녘에 몰래 내린 이슬에도 가을이 와 있다. 에어컨을 틀어도 겨우 잠들 수 있었던 무더운 날씨 때문에 가을을 생각지도 못했었는데 애원하고 떠밀어도 가지 않겠다던 여름은 가고 아침이면 창문을 닫아야 하는 시원한 바람 따라 가을이 묻어 왔다. 계절의 주관자는 언제나 신실하셔서 끝까지 고집부리며 오지 않겠다던 가을을 조금 늦게라도 불러 왔다.

가을이 오면 별을 보기 위해서 멀리 떠나는 병이 생긴 지 오래다. 누구나 어린 시절 별이 빛나는 밤을 기억할 것이다. 고향의 흔적을 잃어버린 나는 별들을 보며 먼 고향을 생각하는 버릇이 생겼다. 고향인 '안양시 호계동'에 가도 '안양읍 호계리'의 모습을 찾을 수 없다. 별을 보고 있으면 앞뜰에서는 멍석 위에 누워 엄마의 옛날이야기를 들었고 뒷동산에서 그네를 타던 '안양읍 호계리'를 느낄 수 있다. 노천명, 윤동주, 라이너 마리아 릴케의 시들이 떠오른다.

도시에 사는 사람들은 하늘을 쳐다볼 시간이 없다. 땅만을 바라보면서 바쁘게 살아간다. 나도 그렇게 지금까지 살아왔다.

어제는 별이 보고 싶어 퇴근길에 강화도에 갔다. 외포리에는 출판사를 경영하다 별을 보고 싶어 출판사를 정리하고 이곳에 내려온 이광식 씨가 16년째 살고 있다.

이광식 씨는 퇴근길에 어느 집 베란다에 노란 조등이 켜진 것을 보았다.

'일하다가 어느 날 조등 하나 걸고 죽는구나. 억울하겠다. 억울하지 않으려면 나는 무엇을 해야 하나.'

"나는 별을 보고 싶었어요."

20년 전에 나도 이광식 씨와 같은 생각을 했지만 나는 억울하게도 도시를 떠나지 못하고 있다.

어렸을 적에 보았던 쏟아지는 별은 볼 수 없었지만 하늘에는 많은 별들이 있다는 것을 확인할 수 있어 안심이 되었다. 마음이 울적하거나 답답할 때는 별을 보기 위해 떠난다. 울적한 현실은 사라지고 마음에는 별빛이 와서 박힌다. 속세의 모든 감정, 사랑과 미움, 집착과 비교, 좌절이나 우울 같은 것은 흔적 없이 사라진다.

별을 볼 수 있으려면 가로등이 없는 캄캄한 곳으로 가야만 하듯이 자신을 성찰하고 우주를 느끼려면 침묵과 절대 고독 속으로 들어가야 한다. 네온의 도시, 분주함과 욕망의 도시에서는 온갖 오염이 마음을 정복해 버려 자신의 존재에 대해 질문할 수 있는 여지가 남아 있지 않다. 도시에서 나오는 빛들이 별을 숨긴다. 땅의 영광이 하늘을 가린다.

별을 잃은 현대인들은 경이와 신비와 영감이 사라지고 도시의 욕망만이 보인다. 별은 어둠 속에서 빛난다. 깊은 묵상은 어둠 속에서만 가능하다. 애통과 겸손함과 가난한 마음만이 빛을 볼 수 있다.

내 마음이 너무 복잡하고 썩어질 육체를 위해서 세상의 화려한 것들로 채워져 있으면 참 빛이 들어올 수 없다.

나이 들어 눈 어두우니 별이 보인다
반짝반짝 서울 하늘에 별이 보인다

하늘에 별이 보이니
풀과 나무 사이에 별이 보이고
풀과 나무 사이에 별이 보이니
사람들 사이에 별이 보인다

반짝반짝 탁한 하늘에 별이 보인다
눈 밝아 보이지 않던 별이 보인다

- 신경림의 '별'

멀리 있는 별은 100억 광년 떨어진 별도 있다 한다. 빛이 100억년 동안 가야 되는 거리. 엄청난 공간 속에 작은 별로서 지구는 우주에 떠 있다. 이 흙과 물 덩어리의 동그란 지구가 물이 떨어지지 않고 공간에 떠 있다는 것이 경이롭다.

얼마 전 별을 보고 누워 있는데 내가 내 육체 밖에서 내 몸을 바라보고 있는 신비한 경험을 했다. 내 영혼이 육체 가운데 일

시적으로 머문다는 느낌이 들었다.

C. S. 루이스는 말한다. "우리는 영혼을 가지고 있는 것이 아니다. 우리가 영혼 자체이기 때문이다. 우리는 육체를 가지고 있을 뿐이다."라고.

우주가 맞물려 돌아가는 사이 육체는 낡아지고 잎처럼 떨어진다. 육체 속에 잠시 머물렀던 우리의 영혼은 원래 있던 본향으로 돌아간다. 수많은 사람(soul)들이 오랜 세월 이를 반복하고 있다.

이제 차가운 바람이 불고 잎들은 자신의 역할을 끝내고 낙엽이 되어 떨어질 것이다. 가을의 중턱에 와 있는 나의 육체는 계절의 질서대로라면 낙엽처럼 되어 바람에 날리거나 마대자루에 들어갈 것이지만 나의 영혼은 별들 사이에서 영원히 빛날 것이다.

그곳에 가고 싶다

김훈의 『자전거 여행』에는 마암 분교 아이들에 대한 이야기가 나온다. 김용택 시인이 근무하는 임실군 마암면에 있는 시골 학교다. 김용택 시인은 우리의 뿌리이면서 이제는 낯선 풍경이 되어 버린 시골 마을과 자연을 소재로 소박한 감동이 묻어나는 시와 산문들을 써 왔다.

김훈도 여러 글에서 잃어버린 순수를 찾는 열정을 보여 준다. 나보다 조금 선배인 이분들의 글들을 좋아해서 나도 일찍 문학을 했다면 비슷한 글을 쓰지 않았을까 생각한다.

섬진강이 훤히 내려다보이는 산 중턱에 자리하고 있는 마암 분교는 아직도 냄새나는 재래식 화장실, 작은 운동장과 낡은 교실이 있는 시골 학교지만 아이들이 즐겁게 뛰노는 곳이다.

김용택 시인과 친구인 김훈은 그곳에 얼마간 머물면서 아이들과 친해졌는지 아이들 한 명 한 명의 이야기를 풀어 놓는다. 몇 명 안 되는 작은 분교의 아이들이 어떻게 서로 돕고 공부하고 노는지.

그러면서 이렇게 적었다.

마암 분교 아이들 머리 뒤통수 가마에서는 햇볕 냄새가 난다. 흙 향기도 난다. 아이들은 햇볕 속에서 놀고 햇볕 속에서 자란다. 이 아이들을 끌어안아 보면 아이들의 팔다리에 힘이 가득 차 있고 아이들의 머리카락 속에서는 고소하고 비릿한 냄새가 난다. 이 아이들은 억지로 키우는 아이들이 아니다. 이 아이들은 저절로 자라는 아이들이다. 아이들은 나무와 꽃과 계절과 함께 저절로 큰다.

- 김훈의 『자전거 여행』

아이들 키우는 일이 쉽지 않은 건 도회 사람들의 문제인 것처럼 보인다. 그냥 크도록 놔두지 못하고 재촉하고, 이끌고, 통제하고, 부모의 불안한 마음이 애들을 내버려두지 못한다.

스스로 환경에 적응하면서 어떻게든 살아나갈 수 있다. 물론 부모는 안전한 테두리가 되어 주어야 한다. 언제라도 의존할 수 있는 따뜻한 품이 되어 주어야 한다. 하지만 나머지는 그냥 내버려두는 게 좋다. 그래야 애들은 자연스럽게 자랄 수 있다. 애들은 부모가 걱정하는 것만큼 불안한 존재가 아니다.

김훈은 아이들의 일상을 이렇게 쓰고 있다.

학교로 오는 아이들의 손에는 커다란 양동이가 하나씩 들려 있는데 아이들이 점심때 밥 먹고 남은 찌꺼기를 이 양동이에 담아서 집으로 가져간다고 한다. 집집마다 돼지와 개들이 이 아이들이 가져 오는 밥을 기다리고 있단다.

돼지 밥통을 들고 집으로 가는 아이들의 재잘거리는 내용은 다음과 같다.

"우리 집 돼지는 요즘 통 먹지를 않아서 걱정이야."

"야, 무슨 돼지가 안 먹고 그러냐."

"병원에 가 봐야 하나."

"돼지가 무슨 병원에 가니? 우리도 안 가는데."

- 김훈의 『자전거 여행』

아이들의 관심은 스마트폰 게임이나 학원의 숙제가 아니다. 먹지 않는 돼지가 걱정일 뿐이다.

김용택 시인은 아이들에게 시를 쓰게 한다. 이들을 모아 시집도 냈다.

오늘 학교에서

창우 형의 자크가 열렸다

나는 웃겼다

너무 웃겼다

창우 형은 그것도 모르고

막 놀았다

- 서창우, 김다희, 김다솔 외 1명의 『달팽이는 지가 집이다』

2학년이 쓴 시는 어떤 가식도 현란함이나 난해함도 없이 순수하다. 눈부신 햇살 아래서 신나게 뛰어 노는 아이의 마음이 전해진다.

여름 방학 내내 중랑천에서 발가벗고 물속에서 놀던 어린 시절이 생각난다. 방학이 끝나면 염소처럼 새카맣게 탄 얼굴을 하고 학교에 간 기억이 난다. 마암 분교 아이들처럼 놀았을 것이다.

그런 순수한 시절은 오래 가지 못했다. 초등학교 입학 후 얼마 지나지 않아 세상에는 가난과 슬픔이 있고 경쟁과 모순이 있다는 것을 알았던 것 같다.

마암 분교 아이들은 김용택 선생님의 헌신으로 경쟁과 모순들을 느끼지 못하는 공동체를 만들었다고 생각된다. 지도자 한 사람이 얼마나 중요한지를 알게 된다.

오늘은 원형 탈모증과 아토피가 심한 초등학교 2학년 아이가 엄마와 함께 병원에 왔다. 어딘가 찌들고 불안해하는 모습으로 앉아 있었다. 그 모습을 보고 있는 엄마의 표정도 불안하기는 마찬가지다.

"숙제도 해야 하고 학원에도 다녀야 해서 병원에 올 시간이 없어요. 전교에서 1등하다가 2등으로 떨어졌어요. 약을 많이 주셨으면 합니다."

아이의 건강보다는 학원 가는 일이 더 중요하다고 한다. 경쟁에서 낙오되면 안 된다는 말이다. 이 아이가 마암 분교에서 학교를 다닌다면 원형 탈모증과 아토피로 병원에 오지는 않았을 것이다.

김용택 시인은 2008년에 정년 퇴직했다. 김훈이 『자전거 여행』에서 마암 분교 아이들에 대해서 쓴 것도 오래전의 글이다. 지금은 마암 초등학교로 이름이 바뀌었고 문명이 조금씩 스며들기 시작했다고 한다.

마암 분교 아이들도 졸업하고 경쟁적인 세상에 나왔겠지만

세상의 악과 문화에 용해되지 않고, 세상과 인간의 모순들을
이해하고, 그런 세상을 자신의 어릴 적 놀던 순수한 세상으로
변화시키겠다는 고뇌를 짊어진 어른들이 되기를 소망한다.

설날

어릴 적, 설 전날에는 가난한 산동네 아이들도 가슴이 설레기는 마찬가지였다.

어머니는 밤새 한 벌밖에 없는 아이들의 옷과 양말의 구멍 난 곳에 천을 대 기우고 깨끗하게 다리미질한다. 새 옷이나 '기차표 신발'을 사 오시는 날은 가슴이 터질 듯 만세를 부르고 행복에 겨워 눈물을 흘린다. 부모님은 없는 돈에 떡과 나물을 준비하고 동네 아이들에게 줄 세뱃돈을 준비한다.

평소에는 굶는 날이 많았지만 설날만은 마음껏 먹을 수 있었는데 이즈음 어머니의 긴 머리가 갑자기 짧아지기도 하고 손에 끼고 있던 반지가 사라지기도 한다. 어른들에게는 힘든 설날이지만 철없는 우리들에게는 아니다. 설 전날이면 잠이 오지 않아 상상의 날개를 펴며 날을 샌다.

깨끗한 옷과 맛있는 음식, 그리고 세뱃돈! 그때는 친구들과 함께 떼를 지어 이웃 어른께 세배를 다녔다. 어느 집에서나 우리들의 머리를 쓰다듬으며 세뱃돈을 주었다.

저녁에 또래들은 모여 누가 세뱃돈을 많이 받았는지, 누가 많이 주었는지 셈을 한다. 이 돈으로 만화를 얼마큼 볼 수 있을지, 왕사탕 몇 개를 사 먹을 수 있을지, 잘 도는 팽이를 살 수 있을지, 썰매를 만들 수 있을지 계산하며 가슴이 부푼다.

지금 생각하면 적은 돈이지만 부자가 된 느낌이었다. 세뱃돈이 주는 행복감은 한참을 갔다. 돈이 떨어져 갈 즈음 일 년 후의 설날을 기다리며 잠이 들었다.

그때는 설날이라고 음식 쓰레기가 남아 있지 않았으며 먹다 남은 것은 며칠 동안 다시 데워서 아껴 먹었다. 평소 못 먹던 기름기 있는 음식을 먹고 탈이 나기 일쑤였다. 생선 뼈나 약간의 남은 음식은 집에서 기르는 닭이나 강아지 몫이었다. 하루만이라도 깨끗한 옷과 맛있는 음식을 먹을 수 있어 행복했었다.

요즘 설날은 공휴일일 뿐이고 아이들은 흥분하지 않는다. 밀린 숙제를 해야 하고 학원에서는 보충 수업을 한다. 엄마는 새 옷을 준비하지 않아도 되고 아이들은 어떤 옷을 입을까 고민할 정도로 넘쳐난다. 아이들과 부모들은 지금까지 가꾼 몸매를 유지하려면 설 휴일 동안 체중이 늘지 않도록 조심해야 한다.

가기 싫은 시댁에도 가야 하기 때문에 돌아오는 설이 반갑지만은 않다. 설 휴일 동안 잔 밥통은 늘 흘러넘치고 쓰레기도 넘친다. 세배는 자기 부모님이나 친척들에게만 하는데 그것도 학원과 시험을 핑계로 생략한다.

"4학년 아들은 바쁜가 보네, 같이 오지 못한 걸 보니."

"예, 밀린 숙제가 있어서."

바쁘게 산 덕분에 반세기 동안 많이 풍요로워져서 구멍 난

양말을 기워 신지 않아도 되게 되었다. 엄마는 아이들의 옷을 정성스럽게 준비하는 대신 시장이나 백화점에서 사다 준다. 때로는 카드를 주어 사 입게 한다.

어릴 적에는 가난했지만 그리 분주하지 않고 여유가 있었다. 풍요로움이 엄마의 정성을 사라지게 했고, 아이들의 행복을 빼앗아 갔다. 풍요로움을 일구기 위하여 분주히 움직이지만 여전히 목마르다. 사람들은 외로움을 느끼며 그 외로움을 도피하려 더 분주하게 움직인다.

화려하게 보이는 세상(더 선명해진 텔레비전, 더 화려해진 복장, 핸드백, 성형한 얼굴들)에 빠져 보이지 않는 순결하고, 청결하고, 거룩한 세상을 잊고 산다. 그러면서 더 고독해지고 이유 없이 스스로에게 분노한다.

남아도는 것들의 썩는 냄새가 난다. 우리의 마음도 가난하지 않고 더러운 것으로 가득 차 썩는 냄새가 난다.

몰려다니며 세배도 하고, 썰매도 타고, 팽이를 치고, 눈깔사탕 하나로 행복했던 자유로운 영혼의 우리들에 비해 요즘 아이들은 원형 극장의 검투사처럼 세상의 노예가 되어 서로 죽이지 않으면 죽는 싸움을 하는 슬픈 시절을 보내고 있다. 지옥이 따로 없다. 욕망과 승리, 시기와 질투만 있고 안식이 없는 곳이 지옥이 아니겠는가? 엄마의 가슴에 있을 시간에 어린이집으로 내몰리고, 초등학생일 때부터 밤늦게 학원에서 귀가하는 아이들. 이런 과정을 살았던 청년들이 결혼을 하지 않거나 아이를 낳지 않는 것은 어쩌면 당연하다.

오늘도 결혼한 지 얼마 안 된 신혼부부가 아이를 갖지 않겠다고 정관 수술을 받으러 왔다. 요즘 이런 청년들이 부쩍 늘었다. 자기 자녀들에게까지 이 험한 세상을 보여 주고 싶지 않다고 울먹인다.

가난 했지만 넉넉했던 산동네의 설이 그리워지고, 해처럼 맑고 인자했던 이웃 아저씨들이 그리워지고, 세배 다니던 동네 친구들이 그리워진다. 지금은 없어진 판잣집과 우물, 꽃밭과 솔밭, 실개천이 그리워진다.

돌아가신 부모님의 정성이 그리워진다.

2. 가족

아버지, 어머니, 사랑합니다

창밖을 본다. 4월의 세상은 밝다. 그러나 1972년 4월은 밝지 않았다. 1973년 4월도 밝지 않았다.

1972년도 4월, 독일에서 레지던트를 하던 둘째 누님에게 편지를 보냈다.

'봄소식이 개나리와 함께 뜰 앞에 와 있습니다. 꽃들이 아름답게 보이지 않습니다. 아버지께서 어제 돌아가셨습니다…….'

오늘은 아버지가 돌아가신 날이자 어머니가 돌아가신 날이기도 하다. 아버지가 돌아가시고 일 년이 되는 날 어머니가 돌아가셨기 때문에 같은 날 가족들이 모여 부모님을 기린다.

오늘은 추적추적 비가 내리고 안개마저 끼어 출근길이 심히 막힌다. 차 안의 라디오에서는 연예인들이 자신의 아버지에 관한 옛일을 회상하면서 울먹인다. 사람들은 부모님이 돌아가신 후에야 간절하게 그 사랑을 느끼나 보다.

이렇게 비가 내리는 날이면 아버지에 대한 기억이 떠오른다. 내가 중학교 2학년 때 우리 가족은 산동네에 살고 있었다. 그곳의 주민들 대부분이 힘든 생활을 하고 있었지만 그중에서도 우리 가족은 유난히 어렵게 살았다. 다른 집 자녀들은 중학교나 고등학교를 졸업한 후 곧바로 직장에 취직해 돈을 벌었지만 우리 집은 모두 학업을 포기하지 않았기 때문이었다. 아니, 부모님이 포기시키지 않았다는 표현이 옳을지도 모르겠다. 그만큼 자식에 대한 교육열이 높았다. "집에서 너희들이 공부하는 걸 도와주지는 못해도 말리지는 않겠다."라는 것이 부모님의 생각이었다.

집에서 학비 조달이 힘들었기 때문에 누님들은 고등학교를 다닐 때부터 가출 아닌 가출을 하고 공부를 하였다. 직장과 학교를 오가며 공부를 마쳤고, 두 누님은 의대와 약대를 졸업한 후 결혼해 외국에 나가 있었다. 부모님은 집안의 어려운 형편을 시집간 딸에게는 알리지 않았다. 딸들이 자존감을 갖고 살기를 바랐을 것이다.

그날도 비가 내리고 있었다. 학교 수업을 마치고 친구와 함께 걸어가는데 아이스케이크 통을 둘러멘 사람이 맞은편에서 걸어오는 것이 보였다. 아버지였다.

비가 오는 날 아이스케이크를 찾는 사람이 있을 리 만무했지만 아버지는 "아이스케이크!"를 외치면서 빗속을 걸으셨다. 그 당시 아이스케이크 통을 메고 다니는 사람들은 대부분 10대 아이들이었지, 50대 후반의 나이 든 사람은 없었다.

당시 아버지의 연세는 50대 후반이었는데 고생을 많이 한 탓인지 지금의 나보다는 더 노인같이 보였다. 나는 친구에게 그런 아버지의 모습을 보이기 싫어 고개를 숙인 채 피했다. 비

오는 날 "아이스케이크!"를 외치는 뒷모습을 한참 바라보았다. 친구가 아는 사람이냐고 물었지만 나는 고개를 저었다.

이전에는 노동판에 나가 날품을 팔았으나 장마철에는 일이 없어 손을 놓고 계시던 중이었다. 밥을 굶는 자식들의 생존을 위해 무언가 하시려고 케이크 통을 멘 것이다.

지친 몸을 이끌고 노동판으로, 나중에는 아이스케이크 통을 메신 아버지.

초등학교 2학년인 나의 여동생 역시 봄 소풍 때 그와 같은 아버지의 모습을 보고 피했다고 한다. 그런 아버지에게 어떤 젊은 구두닦이 청년이 그날 하루 수입 모두를 쥐어 준 적이 있을 정도로 그때 아버지는 정말로 처절한 모습이었다. 자본 없이 몸으로 할 수 있는 일은 모두 하셨다. 어린 나와 내 여동생은 그것을 수치심으로 여겼다.

가정환경 보고서 아버지의 직업란에 '노동'이라고 적는 게 수치스러웠고, 다른 친구들처럼 의사, 공무원, 사장, 교사, 회사원 등이 적혀 있는 것이 부러웠다. 나는 그 수치심에 갇혀 열등감의 포로가 되었다.

그 부정적 감정을 도피하기 위해서 도리어 여러 가지 면에서 부모님을 근심시켜드렸던 것 같다. 그때 같이 놀던 아이들은 고등학교를 제대로 졸업하지 못했다. 친구들은 학업을 중도에 포기하고 악기를 배우며 밤무대에 나가 돈을 벌었고, 여자 친구들과 동거해 함께 살며 문란한 청춘을 보냈다.

내가 지금 이 정도 살 수 있는 것이 아버지의 헌신과 인내,

사랑의 축복이었음을 이제야 깨닫는다. 아버지께서는 나의 모든 부족함을 아시면서도 희망을 가지고 격려해 주셨다.

반에서 65명 중에 62등 한 성적표를 보셨을 때도 실망의 표정 없이 웃으셨다. "너는 나중에 큰 인물이 될 거다."란 말씀을 하시면서 노동으로 거칠어진 손을 머리에 얹고 격려해 주셨다. 당시의 아버지보다 더 나이가 들은 지금에 와서 생각해 보면 아버지는 훌륭한 분이 아니라 위대한 분이셨다.

아버지는 일제 때 고등 교육을 받았고, 경기도 안양의 지역 유지로 40대 초까지는 별다른 어려움 없이 지내셨다. 특히 수학을 잘해 해방 전에 지금의 수학 경시 대회에서 수석을 하기도 하셨다.

해방 후 토지 개혁으로 그 많았던 토지를 소작인들에게 나누어 주었는데, 남은 재산을 사업으로 날리게 되어 서울에서 도시 빈민의 생활을 시작한 것이다. 서울에서의 15년이 얼마나 고통스러운 시간인지를 나는 알고 있다.

가족을 위해서 몸과 마음으로 최선의 삶을 사시다가, 아버지는 내가 고등학교를 졸업하고 나서 향년 62세의 생을 마감했다. 나는 그 후 45년의 긴 세월을 살면서 이렇게 위대한 분을 만난 적이 없었다.

친구들이 정부 요직에 있었고 잘나가는 사람도 많았지만 당신께선 일자리를 부탁하지 않고 철저히 은둔의 삶을 사셨다. 지주와 지식인으로서 전환기의 새로운 질서와 환경에 적응은 못했지만, 자신의 몸과 마음으로 가족을 위해서 어떻게 사는 것이 최선의 삶인지, 무엇을 하는 것이 가장 아름답고 고귀하게 사는 것인지를 말없이 보여 주셨다.

국민 소득이 2만 불이 넘는 요즘, 두 명의 자녀를 키우기가 힘들다고 한다. 그때는 국민 소득이 500불이 안 되던 시절이었다. 그중에서도 가난한 산동네에서 변변한 수입도 없으면서 7명의 자녀들을, 그것도 학업을 포기시키지 않으면서 살아가는 것이 얼마나 힘들었을 것인가?

어머니에 대한 기억이 난다. 서울에 처음 올라왔을 때만 하더라도 고운 얼굴과 손을 가지고 있었다. 양반집의 규슈로서 고생을 한 번도 해 본 적이 없는 여자였다.

내가 초등학교 1학년 때였나. 어머니는 중랑천 다리 위에서 태릉에서 배를 받아다 팔았다. 하루 종일 팔다가 해가 지면 남은 배를 광주리에 이고, 한 손은 내 손을 잡고 고요한 달과 별빛을 받으며 집으로 걸어간 기억이 난다.

가로등이 없던 시절, 오염되지 않은, 포장되지 않은 신작로 길을 손잡고 걸어가는 모자(母子). 나는 집에 가면 팔다 남은 배를 먹을 수 있다는 생각으로 가득 차 있었는데 엄마는 전쟁터에 나가서 큰 싸움을 하고 돌아오는 듯 결의에 찬 얼굴이었다. 내 손을 꼬옥 잡고 말없이 걸으셨다.

어머니는 걸어오면서 무슨 생각을 했을까? 앞으로의 삶이 두려웠을까? 딸들이 명문 대학에 다니는 것에 힘든 줄을 모르고 지냈을까? 어린 나와 내 여동생에 대한 꿈이 있었을까?

천막을 치고 살다가 판잣집을 지었고, 나중에는 흙벽돌을 만들어 집을 지었다. 흙벽돌은 진흙과 회 가루, 지푸라기를 섞어 만든다. 진흙을 밟는 어머니의 고운 다리를 기억한다. 삼복더위에 벽돌을 쌓아 집을 짓던 모습도 떠오른다. 아버지와 함께 우물을 파던 어머니의 모습도 선하다. 그런 힘든 삶 속에서도 포도나무와 살구나무를 심고 집 주위에 꽃밭을 만들던 어머니를 생각하면 눈물이 난다. 항상 꿈을 가지고 살아야 한다는 메시지가 지금도 나를 깨운다.

5학년 때인가, 장마로 축대가 무너진 적이 있었다. 고운 손으로 축대를 한 달 가까이 다시 쌓던 어머니의 모습이 생각난다. 무너진 곳에 돌을 하나하나 쌓아 나가는 어머니의 손은 점점 거칠어져 갔다.

먹을 것이 없을 때는 산에서 나물을 뜯어다가 보리쌀과 함께 죽을 끓여 주셨다. 생존에 필요한 것이라면 무엇이든 했고, 얼굴에는 점점 주름이 늘어 갔다. 내가 중학교를 졸업하고 고등학교에 진학할 성적이 안 되어 놀고 있을 때, 어머니는 어디서 돈을 꾸어 와 나를 학원에 등록시켰다. 그 후 나는 생전 처음으로 책상에 앉아서 책을 보기 시작했다.

어머니는 아버지가 돌아가시고 일 년 후, 59세의 나이로 같은 날 돌아가셨다. 아버지처럼 뇌출혈로 쓰러진 지 12시간 만이었다. 남아 있는 자녀들 편하게 지내라고 같은 날 하늘나라로 가셨다고 생각된다.

몇 해 전 야심한 밤에 일어난 일이다. 아파트 근처에 사는 야생 고양이가 울며 다가온 적이 있었다. 사람을 보면 도망가던 고양이가 그날은 도망가지 않고 무언가 애원하는 것 같아서 주위를 둘러보니 저만치 어린 새끼들이 어미의 눈치를 보며 모여 있는 것이 보였다. 며칠 전부터 잔반통을 단속한 일이 있어 무엇 때문인지 금세 알아차렸다. 어미 고양이가 새끼들을 위해 먹을 것을 달라는 것이었다.

두려움을 무릅쓴 채 말도 통하지 않는 사람들에게 애원하는 어미의 모습을 보고는 급히 집으로 들어가서 먹을 것을 가져다주었다. 어미는 새끼들을 불러 밥을 먹인 후 우리 주위를 한 바퀴 돈 다음에 어디론가 사라졌다.

이때 나는 어머니를 생각했다. 자신의 생명과 수치도 다 버리고 오직 자식들을 살리려는 마음을.

영화 '트로이'에는 트로이 왕이 자신의 아들을 죽인 '아킬레스'에게 무릎을 꿇고 아들의 시신을 달라고 애원하는 장면이 나온다. 영화에 나오는 왕의 모습에서 나는 아버지의 모습을 봤다. 아들을 위해 무릎 꿇는, 자신의 체면이나 생명은 생각하지 않는 아버지. 적국의 왕인 그를 죽일 수도 있었지만 '아킬레스'는 감동한 나머지 부탁을 들어준다.

중학교 3학년 여름방학 때 조금 철이 들어 아버지와 함께 노동판에 나가 15일 정도 일을 한 적이 있다. 그렇지 않아도 삼복더위에 밥을 제대로 먹지 못한 상태에서 일한 터라 나조차 감당하기 어려웠는데 당시 50대 후반의 아버지는 얼마나 힘이 드셨겠는가. 가늠을 할 수조차 없다.

손수레에 흙을 가득 담지 않는다고 감독에게 욕을 먹는 아버지를 보았다. 15일 동안 일한 임금을 받지 못해(감독이 돈을 갖고 도망친 탓에) 풀이 죽어 어깨가 축 처진 아버지를 보았다. 내가 조금씩 철이 들기 시작해 주변을 정리한 것이 이때쯤이었던 것 같다.

부모님의 죽음 뒤 나의 마음에는 어느덧 부모님의 영혼이 살아 있게 되었다. 그 힘으로 삶을 살아가고 있다. 나뿐만 아니라 우리 형제 모두에게 부모님은 살아 계신다. 형제들의 자녀에게도 살아 계신다. 그 자녀의 자녀에게도 살아 계신다.

얼마 전에 30명이 넘는 대가족이 모였다. 아버지와 어머니의 아들, 딸들과 그 자녀들, 또 자녀들의 자녀들. 모두 건강한 가정을 이루었고 사회적으로 중요한 위치에서 자신의 책임을 다하고 있다.

부모님께서 나에게 주신 유산은 가족을 위해 목숨을 거는 용기와 헌신이어서 힘들 때마다 전사다운 삶을 생각나게 한다. 주위의 경멸과 조소, 심지어 자기 자식들로부터 인정과 존경을 받지 못했지만 당신께서 마땅히 감당해야 할 역할을 다하신 부모님. 그 성스러운 싸움으로 자녀들은 전쟁터에서 승리할 수 있었다.

위의 누님 세 분은 정말 어려운 여건 속에서 의대와 약대를 졸업해 훌륭하게도 사회적 역할을 다하셨고, 어머니로서도 아내로서도 건강한 가정을 이루었으며, 그 자녀들 또한 모두 훌륭하게 성장해 모범적인 가정을 이루었다. 그 자녀들의 자녀들도 성실하게 자신들의 인생을 준비하고 있다.

형님 한 분은 휠체어를 타시는 장애인이지만 아버지의 정신을 본받아 끝까지 직장과 가정을 지키셨다. 정직과 성실, 인내와 겸손. 가정이 무너지는 소리가 여기저기서 들리는 작금의 세상에서 그 후손들이 아버지와 어머니가 되어 그 유산을 자녀들에게 다시 물려주고 있다.

나는 힘들 때마다 비 오는 날 아이스케이크 통을 어깨에 두른 채 "아이스케이크!" 하면서 걸어가던 50대 후반의 아버지를 기억한다. 지금은 아이스케이크 통을 멘 아버지가 수치스럽지 않다. 중랑교 위에서 박스에 배를 놓고 팔던 어머니의 모습도 떠오른다. 그분들은 가장 위대한 승리자의 모습으로 내게 다가오고 있다.

정말로 수치스러운 것은 삶의 위기를 맞았을 때 아버지처럼 당당하지 못하고 숨으려 했던 나를 발견할 때이다.

"하나의 밀알이 땅에 떨어져 죽으면 많은 열매를 맺느니라."

"우리가 환난 중에도 즐거워하나니, 환난은 인내를, 인내는 연단을, 연단은 소망을 이루는 줄 앎이라."

어진 왕으로서, 전사로서, 친구로서 밀알이 되어 사신 아버지, 어머니.

사랑합니다. 미안해요.

용서하십시오.

큰 누님의 죽음

큰 누님이 돌아가셨다. 무거운 짐을 내려놓고 본향으로 돌아가셨다. 소각로 바닥에 흩어져 있는 소각 완료된 주검의 모습은 보편적이고 동일했지만 누님의 죽음이 지닌 의미는 달랐다.

어느 죽음인들 슬프지 않은 것이 있겠느냐마는 큰 누님의 죽음은 나에게 남다른 슬픔으로 다가온다. 큰 누님의 '큰'이라는 말은 첫째 누님보다는 '위대한(Great)'이라는 의미였다. 해방과 전쟁의 격변 시대에 현실에 적응하지 못하고 돈 버는 재주가 없는 몰락한 지주의 장녀로서 무거운 짐을 지며 살았다.

누님은 밑으로 여동생 3명, 남동생 2명과 부모님을 부양하기 위해 고등학교를 중퇴, 16살의 나이로 초등학교 선생님으로 취직을 했다. 주위 어른들의 이야기를 들으면 당시 누님이 취직을 하지 않았다면 8명의 생존이 어려웠을 거라고 한다. 하고 싶은 공부를 포기하고 가정을 책임져야 하는 슬픈 마음을 누가 이해하겠는가?

7년의 교사 생활을 끝내고 검정고시를 봐 약대에 입학하게 된다. 계기는 친구들이 대학을 졸업하고 모두 사회에서 두각을 나타내고 있었다는 것. 결정적인 사건은 바로 밑 동생(둘째 누님)이 서울대에 수석 합격한 것이었다. 같은 고등학교를 졸업한 동생보다 수재로 인정받았던 자신이 더 늦기 전에 공부를 해야겠다는 절박함이 있었던 것 같다.

떨어져 있던 누님을 다시 만난 것은 누님이 결혼한 직후였다. 집에 먹을 것이 없었던 시절, 부모님이 나를 시집간 딸에게 맡긴 것이다.

나는 초등학교 2학년부터 4학년까지 3년을 그곳에 있었다. 갓 태어난 조카와 누님 부부가 한방을 쓰고 나는 누님의 시어머니와 한방을 썼다. 시댁 친척들이 주위에 살고 있었으니 누님의 마음이 얼마나 힘들었을까? 자신이 자란 집안에 대한 자부심이 있어야 마음이 편한 법인데 지금 생각하면 약국도 하고, 시어머니도 모시며 그 모든 상황을 그저 묵묵히 인내하셨다. 아내로서나 누나로서의 책임으로 말이다.

나도 마음이 편치 않은 것은 마찬가지였다. 한참 사랑을 받고 응석을 부리며 자랄 나이에 눈치를 보며 살았으니 말이다. 그래서인지 그곳에 있었던 3년의 기억이 나지 않는다. 아마도 나의 뇌 속에 있는 망각 장치가 아픈 기억들을 삭제시켜 버린 것 같다.

다시 누님 집에 들어간 것은 방황 끝에 의과 대학에 입학한 후였다. 부모님이 돌아가시고 오갈 데 없는 나와 여동생은 그곳에서 지내며 졸업하고 결혼까지 했다.

고등학생 때부터 독립하여 살았던 누님에게 의지하며 나는 대학 졸업 후에야 겨우 독립할 수 있었다. 졸업 후 30여 년, 그런 부족한 나를 누나는 늘 자랑스러워했다. 나의 장점을 늘 칭찬해 주었고 (경제적, 정서적으로) 필요한 부분들을 채워 주면서 어머니의 역할을 모두 해 주었다.

돌아가시기 전에 단둘이 외식을 할 때면 주위 사람들이 엄마와 아들이냐고 물어보았다.

"그렇게 보이세요? 보이는 대로입니다."

나는 웃으며 대답한다.

부모님과는 20년을 함께했지만 누님과는 64년을 함께하며 보살핌을 받았다. 누님은 자신을 위해서는 옷이나 신발을 사지 않았고 화장도 하지 않았다. 남편이 장관급인 고급 공무원으로 있을 때도, 자신이 대학교 총동문회장으로 있을 때도 검소하게 지냈다. 항상 연구하고 생각하는 삶을 살았고, 우리나라 임상 약학의 초석을 마련했다. 또 항상 성경 말씀을 묵상하고 암송하며 말씀대로 한 평생을 살려고 노력했다.

80회 생일날, 모인 사람들 앞에서는 이렇게 말씀하셨다.

"여기 모인 모두가 자랑스러운 내 부모님의 후손들입니다. 부모님은 눈물을 흘리며 씨를 뿌렸습니다. 이렇게 풍성하고 기쁜 열매를 거두었습니다. 하고 싶은 일을 하려고 하지 말고 현실적이고 옳은 일을 하십시오. 삶의 풍파 속으로 들어가십시오. 절제하고 인내하고 믿음을 갖고 걸어가십시오. 마지막으로 당부하고 싶습니다. 죽음은 슬픈 것이 아닙니다. 본향으로 돌아가는 기쁜 시간입니다. 축제의 날입니다. 내가 쓰러지면 생명을 연장하기 위해 절대로 애쓰지 마십시오. 천국 들어가는 문을 절대로 막지 마십시오."

누님은 그렇게 사셨다. 하고 싶은 일을 하지 않았다. 삶의 풍파 속으로 들어가서 사셨다. 절제하고 인내하며 겸손하게 믿음을 갖고 사셨다.

이 말씀을 하시고 한 달 후 쓰러지셨다. 아들이 의과 대학에 교수로 있었지만 유언을 따라 별다른 처치를 하지 않고 인내하였다.

이제 가을이 성큼 다가왔다. 계절의 질서에 따라 낙엽이 지겠지만 봄마다 나무들은 새잎으로 푸르게 빛날 것이다.

> 사람은 나뭇잎과도 흡사한 것
> 가을바람이 땅에 낡은 잎을 뿌리면
> 봄은 다시 새로운 잎으로
> 숲을 덮는다
>
> **- 호머**

> 벗하던 구름은 다 어데 가고
> 홀로 남아 외로워하는가
> 저 하늘 끝에 가면 만나 보려나
> 눈 감고 기다리면 다시 오려나
> 그리운 마음만 깊어져 간다
>
> **- 아들 최동주**

국제 시장

　방학을 맞아 미국에서 돌아온 두 딸과 함께 영화를 보러 갔다. 처음에 보기를 원했던 영화는 시간이 맞지 않아 차선으로 고른 것이 그날 개봉한 '국제 시장'이었다.

　요즘 몇 년째 시나리오 공부를 하고 있는 나는 스토리의 구성이 탄탄한지부터 탁월한 액션 시퀀스들, 세련된 코미디, 배경 음악들까지 살피며 영화를 본다. 그리고 관객들의 반응도 보며 영화가 어느 정도 흥행에 성공할 것인지 예측해 본다. 영화를 보면서 '7번방의 선물'만큼 성공할 것이란 예감이 들었다.

　'국제 시장'은 보통 영화에서 나오는 복선과 위기, 간극과 절정은 보이지 않지만 6·25부터 지금까지 65년의 시간을 90분 속에 압축해 관객들에게 재미와 감동을 주겠다는 작가의 치열한 의지가 보이는 작품이다. 사람들은 재미와 감동이 있는 삶을 원하기 때문에 영화가 많은 관객을 모으기 위해서는 재미든 감동이든 있어야 한다. 영화제를 겨냥하고 만든 마니아 대상의 예술 영화가 아니라면 말이다.

　나는 그동안 아버지 학교 운동에 참여하면서 글도 쓰고, 상담도 하고, 강의를 하면서 보냈지만 영향력에 한계를 느낀다. 물론 현재까지 우리나라에 72개의 지부, 세계적으로는 47개국, 247개 도시에 지부를 두어 30만 명이 수료하였다. 이렇게 많은 가정이 회복되었지만 그 많은 스태프들의 헌신에 비하면 영향력에 아쉬운 점이 많다. 가족을 다룬 감동 있는 시나리오를 써서 영화라는 대중 예술을 통해 더 많은 가족이 회복되게 하는 것이 나의 꿈이다.

'7번방의 선물'도 그렇지만 '국제 시장'도 아버지와 가족의 이야기다. 전쟁 영화도 아니고 코미디는 더더욱 아니다. 65년의 한국 사회를 지탱해 온 아버지와 가족의 헌신이 이 나라를 이끌어 왔다는 내용이다. 어린 자식을 데리고 탈출하는 장면은 탁월한 액션 시퀀스를 보여 주지만 전쟁 영화는 아니다.

네 아이를 업고 안으며 뛰는 어머니의 모정. 배에서 떨어진 딸을 찾으려고 죽음을 택하며 어린 아들에게 "너는 장남이니 가족을 책임져라."라고 유언을 하는 아버지. 이 유언을 끝까지 잊지 않고 지키는 가족의 스토리다. 가족을 위하는 것이라면 독일 광부도 월남 전선도 마다하지 않는다. 국제 시장에서 장사하면서 가족을 위해 어떤 것도 타협하지 않고 양보하지 않는 억척스러움을 보여 준다.

가족이 먹고사는 일보다 중요한 것은 없다. 어떤 이념도 가족을 넘어설 수는 없다. 역사의 비극은 이념이 가족을 해체할 때 일어난다. 6·25도 이념이 가족과 동족을 넘는 비극이 아니었는가? '국제 시장'에는 요즘 드라마에서 흔히 보이는 삼각관계, 불륜 등은 보이지 않는다. 어떤 이념의 갈등도 없다. 사람답게 사는 가족을 만들기 위해, 재미있게 사는 가족을 만들기 위해 얼마나 뼈아픈 노력을 해야 했던가를 보여 줄 뿐이다. 아무것도 없던 시절, 많게는 10명, 적게는 6명의 아이를 낳고 그들을 책임지려고 목숨을 걸었던 위대한 아버지와 어머니들의 삶이 이 영화의 주제다.

6·25 전쟁에 참전했던 외국 사람들이 늘 감탄했던 것은 우리나라 사람들이 보여 준 초인적인 참을성이었다. 견뎌 내기 어려운 배고픔을 묵묵히 견디며 어린 자식들을 책임 있게 돌보는 부모들을 보면서 그들은 놀랐다.

특별히 전쟁 중에 학업을 포기하지 않고 천막을 치고 공부하는 모습은 전쟁사에 없던 모습으로 남아 있다. 절망만이 있는, 희망이나 행복이나 미래가 전혀 보이지 않는 현실에서, 그 어둠 속에서 한 줄기 빛을 찾는 심정으로 그들은 견뎠다.

'국제 시장'의 장면들은 우리 부모님들의 모습이고 내 부모님의 모습이다. 나는 전쟁이 한창이던 1950년 10월에 태어났다. 전쟁을 기억하지는 못하지만 전쟁 후의 비참함은 어렴풋이 생각난다. 폭탄 맞은 잔해들이 여기저기 있었다. 구걸하는 전쟁고아들이나 상이용사들도 많았다.

미군이 지나가면 초콜릿이나 껌을 달라고 쫓아다니는 아이들이 많았고, 학급마다 전쟁고아들이 여러 명 있었다. 전쟁 중에 부모들을 잃고 고아원에서 학교를 다니는 친구들이었다. 똑같은 옷을 입고 다녔기 때문에 고아원의 아이들이란 것을 알 수 있었다. 철없는 우리들은 고아원의 아이들을 놀리곤 했다. 얼마나 바보 같은 짓을 했는지…….

전쟁에 참전한 외국인들은 우리나라 사람들의 이러한 모습을 보고 고국으로 돌아가서 '이 사람들을 도와야 한다.'며 발 벗고 나섰다. 많은 기관들을 만들고 원조를 하기 시작했다. 그 당시의 원조는 정치적인 정부 주도보다는 민간 차원의 순수한 것이 많았다.

그중에 대표적인 것이 한국 고아들을 돌본 '컴패션'이다. 12만 명 고아들의 생명을 지켜 주었다. 지금은 '컴패션'을 통해 우리나라 사람들이 외국의 어려운 아이들 14만 명을 돌보고 있다. 도움을 받던 나라에서 도움을 주는 나라로 변한 것은 그들이 참고 인내하면서 꿈을 잃지 않고 살았기 때문이다.

우리나라는 외세에 의해 동족끼리 싸우는 비극을 겪었지만 세계를 놀라게 하는 나라가 되었다. 자원이라고는 사람밖에는 없는 나라에서 끈질긴 생명력으로 살아온 자랑스러운 민족이다.

하지만 지금은 날이 갈수록 윤리, 도덕, 정치에 대한 냉소주의가 넘쳐 가치관의 커다란 혼란 속으로 빠져들어 가고 있고, 청년들은 꿈을 꾸지 않고 아이를 낳지 않는 상실의 시대로 가고 있다.

가족이 분해되고, 세대 간의 갈등이 심화되고, 꼴통 보수와 꼴통 진보들이 대립하며, 흥남 철수 때보다 더 큰 위기를 맞고 있는 이때에 '국제 시장'은 우리가 마음가짐을 어떻게 가져야 되는지를 시사하고 있다. 마음을 가난하게 하고 애통하게 하면서 다시 한 번 가정에서 시작해야 한다.

오늘은 영하 10도의 추운 아침이다. 아름다운 봄을 맞이하기 위해서 겨울을 인내해야겠다. 새해가 밝았다. 많은 일들이 일어날 것이다. 기쁜 일이든 슬픈 일이든 함께 기뻐하고 함께 슬퍼하는 가족이 되기를 기원한다.

새해 복 많이 받으십시오.

저 하늘에도 슬픔이

영화 '저 하늘에도 슬픔이'를 본 것은 1965년도, 지금은 사라진 길음 시장 옆에 있는 미도 극장이 아니었나 싶다. 며칠 전 내부 순환로를 타고 길음 시장 근처를 지날 때도 미도 극장에 붙어 있던(장민호, 김천만, 조미령의 얼굴이 그려진) '저 하늘에도 슬픔이' 영화 간판이 생각났다. 그리고 극장 뒤에서 영화 간판을 그리던 동네 아저씨도 떠올랐다.

당시 개봉 극장의 홍보는 신문이나 라디오를 통해서 했지만 재개봉 극장이나 삼류 극장은 영화 포스터를 가게에 붙이고 극장에 대형 얼굴 간판을 걸며 광고했다. 현재 상영 중인 영화와 다음에 상영될 영화를 동시에 걸어 놓았었다.

스마트폰은 물론 텔레비전도 많지 않던 시절, 사람들의 구경거리는 극장과 서커스 공연이었다. 가끔은 학교 운동장에 가설극장이 세워져 삼류 극장에서 끝난 영화를 무료로 상영해 주었다. 특히 국회의원 선거나 대통령 선거가 있는 해에는 많이 볼 수 있었다.

이 영화를 본 건 국제 극장에서 개봉하여 29만 명의 관객을 동원하고 재개봉 극장을 거쳐 삼류 극장인 미도 극장에서 상영할 때였다. 중학생인 내가 이 영화를 봤다는 것은 중학생 이상의 서울 시민 대부분이 관람했다는 것과 같다고 하겠다. 국민 소득이 200불이 안 되던 1960년대 초는 북한보다 먹고살기 힘든 시기였다.

특히 산동네에는 밥을 먹는 날보다 수제비를 먹거나 굶는 날이 더 많았다. 매일매일 쌀이나 보리를 사다 먹었지, 쌓아 놓고 사는 사람은 거의 없었다. 하루하루가 불안하여 내일을 걱정하며 살 여유가 없던 때였다. 산에 가면 북한에서 보낸 삐라를 발견하곤 하였다. 북한은 모든 사람이 평등하며 먹고사는 데 걱정이 없다는 내용이었다. 지금은 역전되었지만 말이다.

이 영화가 성공한 이유에는 장민호나 김천만, 신영균 등 배우들의 연기가 있었지만 공감도 있었다. 그 당시 힘들게 살던 사람들이 술 중독에 노름꾼인 아버지와 어머니의 가출을 딛고 구두닦이와 껌팔이를 하며 힘들게 사는 중학생 이윤복의 수기를 그린 영화에 빠져들어 갔던 것이다.

그 후에 여러 번 리메이크하여 상영하였지만 흥행에 실패했다. 조금 잘살게 된 후에는 가난했던 시절의 고통을 금방 잊는 우리들이기 때문일까. 동일한 스토리였지만 사람들의 마음을 사로잡기는 힘들었다.

분명히 그런 시기가 있었는데, 우리 시대의 이야기인데, 나조차 아주 먼 옛날의 이야기처럼 들리니 요즘 애들한테 말해야 뭐하겠는가?

영화 필름을 찾아 복원하였다니 반갑고 기쁘다. 그러나 이 영화를 볼 사람이 몇 사람이나 될 것이며 눈물짓는 사람은 얼마나 될까?

국민 소득이 2만 불이 넘는 요즘도 살기 힘든 것은 매한가지이다. 생존의 문제보다는 가정의 해체로 보육원에 맡겨진 아이들이 늘고 있다. 참 행복은 먹는 것이 채워진다고 되는 것이 아니라 내 속에 자유와 해방이 찾아올 때 가능해 보인다.

반세기 전에 이 영화를 볼 때에는 같은 또래인 이윤복의 고생하는 모습에 눈물지었다면 지금은 술과 도박으로 자녀들과 아내를 고생하게 만든 아버지, 故 장민호 선생의 연기를 관심 있게 볼 작정이다.

영화는 아버지가 반성하고 어머니가 돌아오며 행복한 가정을 이루는 해피엔딩으로 끝난다. 하지만 실제로는 아버지의 중독과 폭력이 회복되지 않아 수기의 출간과 시나리오 수입으로 마련한 집을 잃고 고생을 하다가 38세의 젊은 나이로 사망한 이윤복의 생애를 보면 한 가정의 리더인 아버지의 삶이 얼마나 중요한지 알 수 있게 된다.

아버지는 한 가정의 왕이며, 전사이고, 스승이며, 선장이다. 왕은 어질어야 하고, 전사는 용감해야 하며, 스승은 정직해야 하고, 선장은 책임감이 강하며 늘 깨어 있어야 한다. 아버지가 폭군이거나 비겁하거나 거짓되며 무책임하다면 가정이라는 배는 가라앉고 만다.

5월은 가정의 달이다. 어린이날, 어버이날, 부부의 날이 있다. 온전한 부부가 온전한 어머니, 아버지가 될 수 있고 그 속에서 건강한 자녀들이 자라날 수 있다.

이 땅에서의 천국을 경험해야만 저 천국을 소망할 수 있다. 자녀들이 이 땅에서의 삶이 고통스러우면 저 하늘에도 슬픔이 있다고 믿게 될 것이다.

모든 대지가 초록으로 변해 버린 5월이다.

> 5월은 푸르구나 우리들은 자란다
> 오늘은 어린이날 우리들 세상

- 어린이날 노래

오늘뿐 아니라 모든 날이 어린이들에게 푸른 행복의 날들이 되기를 소망한다.

나는 행복한 사람

아내는 오늘도 병원에 가지고 갈 도시락을 만드느라 분주하다. 일찍 일어나서 아침 식사를 차리고 도시락을 만드는 데 2시간 가까이 정성을 들인다. 추운 겨울이나 더운 여름을 제외하고 점심 도시락을 만들어 준다.

점심시간에 산악자전거를 타고 근처 산에 올라 내가 만들어 놓은 조용한 곳에 간다. 봄에는 싱그러운 나뭇잎과 꽃이 있고 다람쥐와 새소리가 들린다. 또 비가 내린 다음날은 흐르는 계곡의 물소리를 들으며 가을에는 여러 가지 색깔로 변한 나뭇잎과 높고 파란 하늘 아래서 도시락을 먹는다. 밥을 먹는 동안 세상과 나는 간곳없고, 도시락을 준비한 아내의 사랑을 느끼며 평화가 나를 감싼다.

1시부터 2시 반까지 점심시간인데 오가는 시간을 빼면 산에서 보내는 시간이 40분 정도 된다. 내가 만든 산속의 자리는 도시 한복판에 있지만 사람이 다니지 않고 큰 나무들이 가득해 설악산인지 지리산인지 모를 정도로 깊고 조용하다. 그곳에서 분주함과 염려를 내려놓고 나 자신의 지나간 삶을 돌이

켜 보며 현재와 미래를 꿈꾼다.

대부분의 개업의들은 점심을 주위의 동료 의사들과 함께하고 차를 마시면서 시간을 보낸다. 나도 한동안 그렇게 보냈는데 나이를 먹으면서 나만의 진정한 쉼의 시간을 갖고 싶어 산을 오르게 되었다.

감사한 일들을 생각해 본다. 사랑스런 아내와 자녀가 모두 건강하고 먹을 것과 입을 것과 잠자리가 있어 감사하다.

도시락의 내용은 매일 바뀌는데 오늘은 주말 농장에서 직접 가꾼 상추와 쑥갓, 그리고 쌈장, 김치와 밥이다. 후식으로 사과와 토마토, 차까지 포장되어 있다. 때문에 나는 매일 소풍 가는 기분이다. 가방 대신 배낭을 메고 출근하며, 산에 갈 때도 도시락을 넣은 배낭을 멘다.

이 산은 이 동네 어른들이 옛날에 소풍을 갔던 곳이란다. 산에 오를 때마다 어릴 적 소풍 갔던 기억을 떠올리며 어린 시절로 돌아갔다. (비가 오면 도시락을 진료실에서 먹어야 하기 때문에 나는 매일 비가 오지 않았으면 한다.)

수년 전 병원에 환자가 줄고 힘들어할 때 아내는 "가벼운 마음으로 소풍 가듯이 출근하세요."라고 격려해 주었다. 그 후 도서관 가듯이, 소풍 가듯이 출근을 한다. 병원에서 책을 보다가 환자가 오면 환자를 보고, 또 책을 보다가 점심시간이 되면 산으로 올라간다.

아이들이 어느 정도 자라서 양육의 큰 짐이 없어 이제 밥벌이를 위해 출근하지는 않는다. 병원을 생존을 위한 공간으로 생각하며 출근할 때는 발걸음이 무거웠는데 요즘은 즐겁다. 행복은 마음먹기에 달렸다는 것을 실감하고 있다. 환자가 없는 것을 한탄만 하고 있거나 다른 사람과 비교하며 산다면 행복은 멀리 달아날 것이다. 옛날 선비들처럼 안분지족(安分知足)의 삶이야말로 행복하고 자유로운 길이라고 생각한다.

퇴근 시간에 맞춰 식사는 준비되어 있다. 맛있는 저녁을 먹으며 병원에서 있었던 일들, 점심시간에 산에 올라 다람쥐를 본 일들을 이야기한다. 아내는 주머니에 돈이 있는 줄 모르고 빨래를 했다, 이웃집에서 떡을 가져왔다, 테니스를 쳤는데 2번은 이기고 1번은 졌다, 이길 수도 있었다, 하면서 이야기꽃을 피운다.

벽에는 아빠 건강 수칙이 걸려 있다. 과식 NO, 심한 운동 NO, 9시 이후 간식 NO, 운동 30분 필수. 명령에 따라 움직인다. 9시 이후 간식을 먹을라치면 아내가 손가락으로 벽을 가리키며 웃는다. 덕분에 몸이 많이 날씬해지고 건강해졌다. 10kg 정도 줄었다. 허리가 37인치에서 35인치로 줄었다.

지난주에는 서해에 있는 승봉도에 갔다 오기도 했다. 서산에 지는 붉은 낙조를 바라보며 바닷가에서 감자를 구워 먹고 멈춤의 시간을 보냈다.

물론 우리 가족의 삶이 처음부터 이런 것은 아니었다.

1993년까지는 테니스, 수영, 마라톤, 철인 3종 경기 등 전국에서 개최되는 시합은 대부분 참가하였고 그 시합에 대비하기 위해 계획을 세워 훈련을 열심히 하였다. 대부분의 주말은 혼자 운동에 열중하였고 아내, 자녀와 함께 하는 시간은 거의 없었다. 돌아다니기 좋아하는 천성이라 자리를 지키며 환자를 보는 것이 너무 힘들기도 하였고 자연을 잃어버린 내가 돌파구로 택한 것이 운동이었던 것 같다.

의사들 중에는 오래 앉아서 책을 보거나 환자를 보는 것이 천직인 사람도 있지만 대부분이 그렇지 못하다. 스트레스로 술을 마시든가, 모여서 카드 게임을 하든가, 여행을 하든가, 음악을 듣든가, 운동을 하는 사람들로 나뉜다.

우리나라의 남성 문화는 여러 형태를 보인다. 1년에 29억 병의 술을 마시는 음주 문화, 1년에 27조 원에 달하는 성매매, 그보다 많은 불륜과 섹스 문화, 그리고 남자 혼자 즐기는 레저 문화가 대표적이다.

이것들이 얼마나 아내와 자녀들을 힘들게 하는지 남편들은 잘 모른다. 가정을 병들게 하는 원인이 되고 있는데도 말이다. 특히 레저 문화에 대해서는 심각하게 생각하지 않는다. 남편이 건강해야 가정을 책임질 수 있다며 자기만의 시간을 갖는 것을 당연시한다.

나는 과거에 운동을 하고 밤늦게 들어갔었다. 그러면 하루 종일 집에서 책을 읽거나 청소를 한 아내를 발견한다. 아내는 아무 말 없이 밥을 차려 주거나 오늘 하루 재미있었냐고 물어본 후 하던 일을 계속한다. 밥을 먹고 샤워를 한 뒤 곯아떨어져 자는 것이 나의 주말 풍경이었다. 아이들과도 함께하는 시간을 낼 수 없었기 때문에 우리 가족은 각자 시간을 보냈다.

20년 전, 가정에 위기가 찾아왔다. 아이들과 아내의 건강도 좋지 않게 되었고 정서적으로도 안정되지 못하였다. 그러한 갈등과 방황 속에서 아내와 자녀들이 간절히 바라는 것이 무엇인지를 알게 되었다. 그것은 그들과 함께하며 그들의 소리를 들어주는 것이었다.

그 후에는 운동을 하되 가족과 함께였다. 아이들이 원하는 것을 위해 나는 운동하는 시간을 최대한 줄였고 어떤 시합도 출전하지 않았다. 그랬더니 시간이 지나면서 건강이 회복되었고 정서적으로도 안정되어 갔다. 아내와 아이들의 얼굴에는 생기가 돌았고 기쁨이 넘쳤다.

그즈음 중학교 1학년이었던 작은아이가 학교에서 쓴 글짓기 제목이 '우리 아빠 변했다'였다. 어린 딸이 자신의 눈에 비친 아빠의 작은 변화에 감격하며 자랑스러워하는 것이었다.

아버지는 아이들의 삶에 지표가 되어야 하고, 원천이 되어야 하며, 소망이 되어야 한다는 것을 알게 되었다. 돈만 벌어다 준다고 아버지와 남편이 되는 것이 아니란 것을 그때 깨달았다. 아버지는 아버지가 있어야 할 자리에 있어야 하고, 남편은 아내가 원하는 것을 들어줄 때 남편의 역할을 다하는 것이다.

나는 행복한 사람이다. 나를 사랑하는 아내와 자녀들이 있기 때문이다. 행복은 멀리 있는 것이 아니다. 작은 일상들이 행복의 조건이라 생각된다.

아이들에 대한 책임을 다했다. 이제 숲속으로 들어가 자연에 내 인생을 맡기고 행복한 인생으로 마감하고 싶다.

바보 온달과 평강 공주

삼국사기에 나오는 바보 온달과 평강 공주의 이야기는 바보인 온달이 평강 공주의 내조로 고구려 장수가 되어 훌륭하게 살아간다는 사실에 근거한 기록이다. 단양에 가면 온달 기념관에 역사적 사실이 전시되어 전래 동화가 아님을 알 수 있다.

삼국 시대나 지금이나 남자는 여자 하기 나름인 것 같다. 아내를 남편 돕는 배필이라고 하면 여자들은 싫어한다. 그런데 이것은 어떤 의미에서 모든 남자들은 부족하고 바보 같은 면이 있기 때문에 도와주지 않으면 아무것도 할 수 없다는 뜻이기도 하다.

1961년, 신영균과 김지미가 주연한 '바보 온달과 평강 공주'라는 영화가 만들어졌다. 어려서부터 잘 울던 공주를 달래기 위해 왕은 곧잘 이 다음에 크면 바보 온달에게 시집을 보내 버리겠다고 말했는데, 그 후 공주가 정말로 산속 바보 온달을 찾아가며 둘은 부부가 된다. 공주는 지성으로 온달에게 글도 가르치고 무예도 가르쳤다. 그리하여 마침내는 바보 온달로 하여금 변방에 쳐들어온 여진족을 무찌르게 한다는 내용이다.

공주는 온달에게 "당신은 바보가 아니다. 무엇이든지 할 수 있다."라고 격려한다. 아무리 실수해도 나무라지 않는다. 남자란 별게 아니다. 칭찬과 격려를 해 주면 없던 힘도 나오는 것이 남자다.

아파트에서 있었던 일이다. 남편이 주차하는 모습을 보고 아내가 칭찬을 했다.

"당신은 어쩌면 그렇게 주차를 잘해? 나는 절대로 못해."

그 이후 남편은 퇴근 후 자신이 주차하는 모습을 보여 주려고 매일 아내를 불렀다고 한다.

운동선수들도 슬럼프에 빠지면 탈출하기 위해 감독이나 코치의 격려가 중요하다. 나무라거나 후보로 빼 버리면 영영 회복하기가 힘들어진다. 남자도 마찬가지인 것이다.

얼마 전, 15년 동안 별거하다가 다시 합친 부부를 만났다. 남편은 아내가 너무 자신에게 원칙만 이야기하고 몰아붙여 좋은 직장에 사표를 내고 미국으로 도망갔다고 했다. 15년 동안 혼자 사는 게 힘들었지만 그 강한 아내에게는 돌아가고 싶지 않았다고도 했다. 이처럼 남자는 멸시를 받으면서 부자로 사는 것보다 존경을 받으면서 가난하게 사는 것을 택한다.

남편은 이렇게 말했다. 대학에 입학한 딸이 아빠가 보고 싶다고 해서 돌아왔는데 그동안 아내가 좋은 아내가 되기 위한 공부를 많이 해서 부드러운 여자로 변해 있었다고.

아내가 주도권을 잡고 살아가는 가정의 자녀들은 결혼해서 행복한 가정을 이루기 힘들다. 특히 딸은 엄마가 하였던 대로 남편에게 할 터인데 그것을 좋아할 남자는 없다. 화해와 일치는 경멸과 비난이 아니라 칭찬과 격려를 통해서 이루어지는데 지속적으로 그렇게 하기 위해서는 자신을 비우는 부단한 노력이 필요하다.

남자는 존경을 원하고 여자는 배려를 원한다. 그런 존재로 만들어졌다. 남자는 남성 호르몬인 테스토스테론의 영향을 받고, 여자는 여성호르몬인 에스트로겐과 옥시토신의 영향을 받기 때문이다.

학교나 사회에서 문제를 일으키는 사람들의 대부분은 성장 과정에서 인정과 칭찬을 받지 못했다. 사람이라면 누구나 인정받고 선택받고 싶은 정서적 욕구가 있다. 이 욕구가 충분히 채워지지 않으면 상처가 되고, 열등감을 갖기 쉬우며, 수치심을 지닌 사람이 된다. "바보 같은 놈아." 또는 "나가 죽어라." 같은 말을 듣고 자란 아이들은 정상적인 생각과 행동을 하기 힘들다.

이혼의 이유는 성격 차이가 45%이고 경제적 이유가 15% 정도 된다. 성격 차이란 자신의 입장에서 생각하고 말해서 형성되는 것이다. 자신의 가정에서 보고 배운 것을 그대로 배우자에게 주장하게 되는데 이들은 이혼한 후에도 뭐가 잘못되었는지 모른다. 아내는 정서적 필요를 남편이 채워 주었으면 하는 기대를 버리고 남편의 필요를 채워 주는 쪽으로 초점을 옮길 때 남편을 섬기게 된다. 섬김이란 숨은 동기와 보상의 기대 없이 깊은 사랑과 헌신적인 우정으로 남편의 필요를 채워 주는 것이다.

남편을 친구처럼 대한다는 것은 그를 어린아이가 아니라 성인으로 대한다는 뜻임을 알아야 한다. 마치 부모가 아이에게 명령하듯 순종을 기대하거나 요구하면 문제가 발생한다. 그러니 남편을 성인으로 대하라. 그러면 남편 안에 상호 존중의 태도와 감사의 마음, 당신을 향한 사랑의 마음이 자랄 것이다.

아내들은 여전히 남편이 내 속을 들여다보고, 내게 주목해 주고, 내 정서적 친밀함의 갈망을 채워 주기를 바라며 종종 억지로 강요한다. 이렇게 친밀함을 요구하려 하면 남편들은 여자들의 요구(또는 조정)에 딴청을 피우고 싶어지는 것이다.

아내는 결혼 30년 동안 평강 공주처럼 인내하며 바보였던 나를 지혜롭게 인도해 주었다. 가정의 행복은 아버지, 남편에게 있기보다 어머니, 아내에게 달려 있다는 생각이 든다.

지금 생각해 보면 나는 바보 온달이었음을 고백할 수 있다. 아내는 그런 나를 참고 기다리고 격려해 주며 35년을 살았다. 새해에는 내 안의 모든 여진족의 무리들을 물리치고 평강 공주인 아내의 헌신에 보답하고 싶다.

• • •

어느 인생

전립선 비대증으로 치료를 받아 오시던 78세 할아버지께서 금년 6월에 세상을 떠나셨다.

할아버지가 처음 병원에 오신 것은 5년 전이었다. 한 달에 한 번 오시면서 자신의 인생 역정에 대해서 자주 이야기하셨다. 평양에서 살다가 남하한 이야기며 군대 시절 이야기, 5·16 군사 정변 이야기부터 사업하시던 이야기까지.

그중 특별히 자신이 사귀었던 여러 여자 이야기를 자세하게 들려주셨다. 꽤 오래 사귄 여자들이 열 손가락을 넘었었다. 5·16 군사 정변에 가담하여 최고 회의 감찰 담당관으로서 위세를 가졌고, 그 후에도 후광을 입어 여러 사업에 성공하며 인생을 즐겼는데 곁에는 늘 술과 여자가 있었다고 했다.

식도암이 발견된 것은 2년 전 여름이었다. 낙천적이고 자신만만하던 할아버지께서 처음으로 심각해지기 시작했다. 나는 할아버지의 건물 주차장에 차를 놓고 다녔기 때문에 아침저녁으로 만나 치료 과정을 묻고 격려와 위로를 해 드렸다.

결국 간에 전이가 되어 수술은 못 하고 항암 치료를 받았다.

그 과정에서 다리가 저리는 증상이 나타났다. 나를 만나면 "평생 다리가 이렇게 저리면 어떻게 살지?" 하시다가 '평생'이라는 말에 서로 바라보며 웃었다. 78세의 연세이니 평생이라는 단어보다는 여생이라는 단어가 타당하다는 각자의 생각 때문이었을 것이다.

할아버지께서 말씀하신 평생은 2년이 못 가서 끝이 났다. 그러나 2년 동안 할아버지께서는 평생 동안 느껴 보지 못한 행복을 경험했다고 하셨다.

몸이 병들자 주위에 있던 여자들은 하나둘 떠났지만 아내와 자녀들은 정성으로 그를 간호했다. 할아버지는 바깥으로 향하던 마음을 처음으로 가족에게 돌렸고, 가족의 존재를 느끼기 시작했다. 사랑해야 하는 아내와 자녀들이 있다는 것을 76세에 가서야 알게 된 것이다.

죽음이 임박해서야 깨달았다. 아버지는 가족을 격려하고, 위로하고, 위험으로부터 보호하고, 목숨을 다해 사랑해야 하는 존재라는 것을. 할아버지는 마지막 2년 동안을 가족과 함께, 특히 아내와 함께 보냈다. 아마도 병들지 않았다면 이 진리를 모르고 죽었을 것이다.

2년 동안 아내와 함께 정선에 가서 레일 바이크도 타며 여행을 다녔고, 하늘에는 아름다운 별이 있고 달이 있다는 것, 감사해야 할 것들이 많다는 것을 알게 되었다. 봄, 여름, 가을, 겨울, 계절의 흐름을 몸과 마음으로 느끼며 꽃향기를 맡아 보고, 별을 바라보고, 아내를 사랑하며 2년 가까운 시간을 보냈다.

눈에 보이는 세상의 짜릿함에 몸과 마음을 빼앗겨 버린 지나간 세월에 대한 뉘우침이 있었고, 아내와 자녀와의 친밀한 사랑을 느끼면서 인생의 참맛을 느꼈다. 자신이 주인이 아니라 만물을 지으시고 계절을 주관하시는 분이 계시다는 것과 보이는 세상이 전부가 아니라 보이지 않는 영원한 세상이 있다는 것을 알게 되었다. 몸은 암으로 고통 받고 있었지만 마음은 기쁨으로 가득했다고 한다.

지난 세월, 세상의 욕망에 사로잡히지 않고 남편으로서, 아버지로서 함께 시간을 보내며 친밀함을 가졌다면 할아버지의 인생은 더 풍성하고 기뻤을 것이다.

그래도 할아버지는 성공한 인생을 사셨다. 비록 2년의 짧은 시간이었지만 아버지로서, 남편으로서의 역할에 충실하셨고, 아내와 자녀들에게 좋은 아버지, 좋은 남편의 이미지를 남겨 주셨기 때문이다.

할아버지가 세상을 떠난 후 할머니는 말씀하셨다. 오랜 세월을 함께 살았지만 특히 지난 2년 동안이 너무나 행복했었다고.

아내의 빈자리

아내가 외국에서 공부하는 딸들을 격려하고 도와주기 위해 떠난 지 2주가 되었다. 나는 병원 때문에 같이 가지 못하고 아내만 혼자 보냈는데 오늘 저녁에 돌아온다.

곧 결혼 30주년이 되지만 국내 여행이나 해외 나들이 때도 항상 같이 다녔기 때문에 이렇게 혼자 있어본 적이 없었다. 처음에는 새로운 환경과 간섭에서 자유가 된다는 작은 흥분이 있었다. 그러나 퇴근하고 빈집 문을 열고 들어오는 첫날 저녁부터 자유보다는 어떤 공허감과 고독이 느껴졌다.

지금까지 정신없이 분주하게 뒤도 돌아보지 않고 하루하루 살아왔다. 아내의 존재나 깊은 감사, 사랑을 느끼지 못하는 시간들이었다. 그러다 보니 문득 '아내가 영원히 내 곁에서 떠나간다면?'이라는 생각이 들었다. 얼마 전 아내를 잃은 친구의 슬픔을 가까이서 지켜본 적이 있다. 공감은 했지마는 실감하지는 못했었다. 눈이 오는 고독하고 깊은 밤, 아내의 빈자리는 지난 35년을 떠오르게 했다.

장모님은 큰 누나의 여고 동창이다. 그리고 고향이 경기도 안양으로 나와 같다. 망하기 전 우리 집은 안양에서 그런 대로 잘 살고 있었고, 장모님의 집도 개화된 집안이었다.

하지만 우리는 망해서 도시 빈민의 삶을 살았고, 아내의 아버지는 대한항공 기장으로 있을 때 간첩이 던진 수류탄을 안고 순직해 국립묘지 애국지사 묘에 묻히셨다. 밑으로 남동생 셋을 둔 아내가 당시 중학교 1학년이었다.

아내에 대해 이야기를 들은 것은 아내가 대학 입학시험에 합격한 날이었다. 나는 당시 신촌에 있는 누님 집에서 의과 대학에 다니고 있었다. 아침을 먹으면서 누님이 지나가듯 말했다.

"친구 딸이 어려운 상황에서 이대에 합격했단다."

나는 친구가 누구고 그 딸이 누구인지도 몰랐다.

3년이 지난 어느 날, 나는 수업을 마치고 여느 때와 마찬가지로 이대 앞 정류장에 내려 집으로 걸어가고 있었다. 순간 머리를 스치는 생각이 있었다.

'친구 딸이 이 대학에 다닌다고 했지.'

내 의지로 생각한 것도 아니고 3년 전 아침을 먹다 들었던 이야기가 처음으로 생각난 것이다.

그날 집에서 정말 우연히 운명적으로 아내를 만났다. 엄마의 심부름으로 누님 집에 온 23살의 여자는 파란 하늘처럼 순수했고, 아름다웠고, 순결했다. 세상의 때를 묻힌 내가 감히 가까이 갈 수 없는 깨끗함이었다.

종교가 없던 나는 그 순결함이 그녀가 가지고 있는 신앙 때문이라 생각하고 그녀가 속해 있는 예수 전도단의 겨울 수양

회에 참석했었다. 말씀과 찬양은 어느 정도 참을 수 있었다. 그러나 기도는 견딜 수가 없었다. 특히 방언 기도를 통성으로 할 때면 무슨 정신 병원에 와 있는 기분이 들었고, 그들이 가끔 신문에 나오는 이상한 종교를 가진 사람들이라 생각했다.

이후 나는 가문을 위해 그녀를 만나지 않았다. 결혼했다가는 집안이 망할 것이란 생각에서였다.

그런데 1년 후, 내가 신앙을 가지면서 다시 만나게 되었다. 아내는 집에서 강권하여 여러 번 선을 보았지만 내가 점점 마음에 자리했다고 했다. 가난하지만 비전이 있고 믿을 만하다는 생각이 들었단다.

데이트 기간에도 나를 전적으로 믿는 것 같았다. 경기도 간현에 놀러 갔을 때다. 철교 위를 걸었다. 밑으로 강이 흐르고 기차가 오면 몸을 난간에 바짝 붙여 피해야 되는 아찔한 순간이었는데도 겁이 많은 그녀가 나를 믿고 따라 건넜다.

추운 겨울에 신혼집을 얻으려 돌아다닐 때였다. 주인과 화장실, 부엌을 같이 쓰는 방 하나를 얻을 때도 실망하는 모습이 없었다. 제주도에 갈 여행비가 없어 부산까지 갔을 때도 나를 믿었다. 그만큼 순수했고, 순결했고, 예뻤다. 내가 믿음에 보답하지 못한 행동을 보일 때도 앞으로 변할 것이라는 믿음으로 인내하고 기도하며 기다려 주었다.

첫딸이 태어나던 날 8시간의 진통이 있었지만 의사들이 놀랄 정도로 참고 자연 분만을 하였다. 아이들 양육으로 대학원도 중단하였다. 그밖에도 수많은 어려웠던 일, 즐겁던 일들이 떠오른다. 35년은 그만큼 긴 시간이다.

내 곁에 이런 모습으로 35년을 있었다. 그래서 그냥 일상인 줄 알았다. 병들었을 때 건강의 중요성을 알게 되듯이 아내의 빈자리가 아내의 존재를 깨닫는 시간이 된다.

오늘 밤 아내가 돌아온다. 아내가 지금까지 마음과 몸으로 나를 믿고 섬겨 주었듯이 남은 시간 이제 내가 그렇게 해 주고 싶다. 그것이 마땅하다고 생각한다.

아내가 마음만이 아니라 믿음으로 행동하며 살아왔듯이 나도 그렇게 함으로 맡겨진 사명을 완수해야겠다.

시집가는 날

지난주에 딸이 결혼을 했다. 결혼식이 하와이에서 있었기 때문에 병원을 며칠 닫았다. 딸은 대학을 졸업하고 미국에서 유학한 지가 7년 정도 되었는데 그곳에서 자란 남자를 만났다.

작은 결혼식을 하자는 양가의 결정으로 양쪽의 부모와 자녀, 그리고 친구들 30명만 함께했다. 결혼 준비도 부모들이 한 것은 별로 없었다. 신부와 신랑이 장소를 결정하고, 식사 준비를 하고, 친구들을 초청했다.

양쪽 부부와 주례 선생님을 빼면 하객들은 20대 후반과 30대 초반의 청년들이었다. 우리나라, 필리핀, 인도, 일본, 중국, 홍콩, 호주, 미국에서 귀한 시간을 내서 온 친구들이었다. 딸아이가 미국에서 공부할 때 우리나라 사람들보다는 미국에 사는 아시안들과 교제를 했다 보니 축하객들은 외국 친구들이 많았고, 하와이 열방 대학에서 훈련을 받은 적이 있어 장소를 그곳으로 정한 것 같았다.

결혼식 순서 중 양쪽 부모들이 신랑과 신부에게 격려하는 시간이 있었다.

신랑의 부모는 신랑에게 이렇게 말했다.

"지금까지 잘 자라 주었다. 이제 너를 정서적으로도 재정적으로도 떠나보낸다. 신부와 마음과 몸이 하나가 되어 좋은 가정을 이루며 살아라. 좋은 가정은 많은 이웃을 격려하며 변화시키고, 자녀들을 건강하게 양육하게 하며, 또 너처럼 건강하게 떠나가게 할 것이다. 사랑한다."

나와 아내는 딸에게 이렇게 말했다.

"지금까지 잘 자라 주어서 고맙다. 이제 한 남자의 아내로서, 그리고 태어날 자녀들의 엄마로서 책임을 다하며 기쁘고 재미있게 살아라. 무엇보다도 재미있고 즐거운 추억을 많이 만들며 살아라."

아무도 없는 조용한 바닷가의 결혼식장에는 파도 소리만 들릴 뿐, 하객인 청년 친구들은 이 축복의 말을 자신에게도 적용하며 침묵했다.

주례 선생님의 주례사가 이어졌다.

"사랑은 일방적으로 주는 것입니다. 반응에 관계없이 몸과 마음을 주고 섬기는 것입니다. 서로 존경하고 사랑하십시오."

그리고 신부와 신랑은 빵을 포도주에 적셔 먹으며 예수님께서 자신들에게 부탁하신 사랑을 결단하는 성만찬의 시간을 가졌다.

5시에 시작한 결혼식은 해변에서 식사와 춤으로 이어졌다. 신부와 아버지가 음악에 맞춰 춤을 추고, 신랑과 엄마가 춤을 추고, 신랑과 신부가 춤을 추었다. 그런 다음 모두가 시간 가는 줄 모르고 함께 춤을 추었는데 11시에 가서야 끝이 났다.

영화의 한 장면이 생각났다. 제목은 잊었지만 어느 인디언 부락에서 결혼을 하고 밤새 춤을 추는 장면이었다. 나이와 피부 색깔, 언어가 춤을 통해 하나가 되었다. 우리는 땀으로 옷이 모두 젖어 넥타이를 풀었다. 와이셔츠를 벗는 친구들도 있었다.

지구촌 모두가 하나 되어 축복의 시간을 갖는 것 같았다. 5월 19일 내 일기장에는 이렇게 적혔다. '어제 저녁은 짧은 천국이었다. 지구촌의 모든 사람이 하나가 되어 손뼉을 치고, 목소리 높여 노래하고, 즐겁게 폭소를 터뜨리며 춤을 추던 모습은 우리가 꿈꾸던 유토피아였다.'라고.

도시 계획을 전공하는 딸의 논문은 '이민자들과 본토인들이 함께 거주하고 중산층과 도시 빈민이 함께 거주하는 도시'이다. 색깔이 다른 청년들이 밤늦도록 한 마음으로 춤을 추는 모습을 보며 희망을 보았다.

'그래, 바로 이거야. 하나가 되는 거야. 부부가 하나 되고, 빈부와 지역과 세대를 넘어 하나가 되는 거야.'

하나님께서 하나 되어 춤추는 모습을 보며 '보기에 좋다.'고 말씀하시는 것 같았다.

결혼식을 준비하면서 부모가 한 일은 거의 없었다. 돈은 천만 원 정도 보내 주었다. 신랑 쪽도 마찬가지였다. 집도 렌트한 집에서 살기로 했고 살림살이도 쓰던 것을 그대로 쓰기로 했다.

미국에서 조교수로 직장을 얻었으니 넉넉하지는 않지만 조금씩 장만하면서 살 것이다. 결혼식이 끝나고 부모들은 돌아왔지만 신랑과 신부는 친구들을 위해 며칠 동안 시간을 보냈다.

돌아오는 비행기 안에서 31년 동안 딸과 보낸 시간들이 스쳐 지나갔다. 고대 병원에서 8시간의 진통 끝에 태어나 옹알이를 하고 기어 다닐 때부터 유치원, 초등학교, 중학교, 고등학교, 대학교를 거치며 함께 운동하고, 여행하고, 밥을 먹던 생각들까지. 10여 년 전 가족끼리 등산을 갔을 때 갑자기 소나기가 내려 동굴로 피했던 일, 속옷까지 젖어 찜질방에서 몰래 옷을 빨고 말린 일도 생각났다.

딸이 탄 연락선이 떠나가고 아버지가 손을 흔드는 영화의 한 장면이 지나간다.

잘 가라. 잘 살아라.

아버지 학교

나는 한 달에 두 번 정도 병원을 다른 의사에게 맡긴다. 지방이나 해외에서 아버지 학교를 섬기기 위해서다.

아버지 학교는 건강하고 좋은 아버지, 좋은 남편이 되려면 어찌해야 되는가를 가르치는 학교이다. 이 땅의 많은 아버지들이 이 학교를 통해 회복되는 것을 지켜보았다.

병원을 봐줄 의사를 구하는 일이 쉽지 않고 환자들의 불만도 있어 가뜩이나 어려운 병원 운영이 더욱 힘들어지기도 한다. 하지만 이 일을 포기하지 못하는 것은 이 땅의 아버지들이 상처에서 치유되고 회복되는 것을 목격하는 기쁨이 있기 때문이다.

술 문화, 도박 문화, 성 문화, 체면 문화, 이혼과 별거, 자녀와의 갈등 등 여러 가지 문제가 아버지라는 정체성을 알지 못한 채 면허증 없이 아버지 노릇하고 있는 데서 기인한다는 것을 알게 되었다.

돈을 벌어다 주고 대학까지 공부시켰다고 좋은 아버지가 되는 것이 아니다. 아버지 학교는 자녀들과 함께 시간을 보내며 그들을 격려하고, 위로하고, 인생의 도전 앞에서 굴하지 않고 당당하게 살아갈 수 있는 삶의 지표가 되는 가치관, 원칙, 성품 등을 불어 넣어 주는 아버지가 되도록 가르친다.

육군 22사단 총기 사건에 이어 28사단 윤 일병 폭행 사망 사건으로 나라가 시끄럽다. 군부대의 총기 사고나 구타는 어제 오늘의 이야기가 아니지만 작금의 군부대 분위기는 과거와 사뭇 다르다. 일선 지휘관들은 적은 외부에 있는 것이 아니라 내부에 있다고 한다. 장병 한 사람 한 사람이 시한폭탄이라 언제 어디서 터질지 알 수 없다고 한다.

태어나면서부터 집과 학교에서 1등 지상주의에 내몰려 마음은 지치거나 메마르고, 일자리가 없어 방황하는 젊은이들의 분노와 우울함이 부모님의 이혼과 맞물려 도피하듯이 간 군대에서 왜곡되어 나타나는 것이다.

군부대에서 진행하는 예비 아버지 학교는 아버지 학교의 후속 프로그램으로 좋은 아버지가 되기 위해서 무엇이 필요한가를 가르치는 학교다. 1년에 50-60회 정도 열린다.

아버지 학교는 지원자들에게 일정한 수업료를 받지만 군부대나 교도소 등은 두란노 아버지 학교의 예산으로 한다. 한 번 열릴 때마다 200만 원 정도가 지출된다. 보통 예산은 학교를 수료한 아버지들의 기부금으로 충당하고 있는데 예산 부족으로 힘들어하고 있다. 수료자뿐 아니라 사회적 참여가 절실히 요구된다.

예비 아버지 학교는 아버지의 영향력과 아버지의 남성, 결혼관, 행복한 가정이라는 주제로 3일간 열린다.

첫째 시간, 아버지의 영향력은 대대로 이어져 내려간다는 것을 가르치고 대를 이어 가는 악한 영향력을 이제 우리 대에서 끊어야 한다고 가르친다. 아버지를 용서하고 아버지와의 관계를 회복해 미래의 자녀들과 새로운 관계를 맺고 새로운 가문을 세워갈 수 있다고 이야기해 준다. 미워하면 똑같아지고 용서하면 닮지 않는다는 말도 반드시 해 준다. 아버지도 할아버지에게 좋지 못한 영향력을 받은 피해자라는 것을 알게 해 준다.

둘째 시간, 어진 왕, 부드러운 전사, 참된 스승, 다정한 친구의 모습이 아버지의 남성을 지탱시켜 주는 네 기둥이라고 말해 준다. 무너져 가는 남성성을 회복하기 위해 잘못된 남성 문화를 버리고 새로운 문화를 만들어 가야 한다고, 이를 위해서는 책임감을 회복하고 성적으로 삶에 있어서 순결하며 지도력과 사랑을 회복해야 한다고 말한다.

결혼관 시간에는 아무리 부모님이 이혼, 별거하고 힘들게 살아도 여러분은 좋은 남편, 훌륭한 아버지가 되기 위해서 결혼을 해야 한다고 말한다. 혼돈의 시대지만 순수하고 순결한 사랑을 회복해 자녀를 낳고 사랑해 주면서 즐겁게 살아가야 한다고.

이 시대는 진정한 아들, 진정한 아버지들을 요구하고 있으며 사회의 기초 단위는 가정이다. 가정이 건강해야 사회가 건강해지니 우리 예비 아버지들이 가정에서, 군대에서, 사회에서 그 자리를 잘 지켜야 한다.

예비 아버지 학교는 진정한 아들, 진정한 아버지로 살아가기로 결단하자고 말한다. 그래야 가정이 회복되고, 사회가 회복되고, 교육이 바로 서고, 나라가 회복된다고 강조한다. 또 우리 미래의 아내와 자녀들은, 아니, 우리의 사회는 우리 남성들이 아들의 사명을 잘 감당하는 진짜 남자다운 남자, 최고의 남성이 되길 원하고 있다고 말해 준다.

나는 군부대에 결혼관을 강의하러 간다. 보통 금요일 오후로 강의가 잡혀 있어 오후 진료는 하지 못한다. 과거에는 강원도까지 갔으나 지금은 경기도 지역에만 간다.

강의를 하러 어느 부대에 갔을 때의 일이다. 문제 가정의 사병들만 지원한 예비 아버지 학교였다. 부모들이 이혼하고 또다시 재혼하여 아버지와 엄마가 둘씩인 가정도 있었다. 이들의 특징은 집중을 못하고 산만한 것이었다. 강의 시간에도, 나눔 시간에도 집중하지 않고 핸드폰을 만진다든지 옆의 사병과 잡담을 하고 있었다. 강사나 진행자를 비롯한 스태프들이 여간 힘든 것이 아니다.

우리를 초청한 부대장의 말이 지금도 남는다.

"이 장병들 중에 한 사람이라도 변한다면 우리들의 수고가 의미 있지 않을까요?"

온통 어둠에 가득 찬 것 같지만 아직도 빛을 찾는 사람이 있어 이 나라가 이렇게 존재한다는 생각이 들었다.

며칠 전에는 중국 대련에서 있었던 예비 아버지 학교에 갔다 왔는데 지원자들은 대부분 중국에서 유학한 학생이었다. 건강한 청년들처럼 보였지만 시간이 지나면서 그들의 상처가 드러

낳다. 감정을 처리하지 못해 여기저기서 흐느끼는 소리가 들려왔다. 그리고 상처가 있음을 털어 놓는다.

이혼하여 각자 딴 살림을 차린 부모, 자녀를 두고 떠나 버린 엄마 또는 아빠, 별거 중인 부모를 떠나 작은 집에서 사는 청년, 일류 대학에 대한 부모의 집착 때문에 죽고 싶을 정도로 너무 힘들었다고 고백하는 청년, 아버지의 술주정 때문에, 폭력 때문에 힘들었다고 흐느끼기도 한다.

청년들이 아버지로부터 가장 듣고 싶은 말은 "내가 너를 사랑한다." 혹은 "네가 자랑스럽다."이다. 자녀가 아버지의 기대에 미치지 못해도 존재 자체를 사랑하고 자랑스럽게 여길 때 자녀들은 자존감을 갖고 세상을 당당하게 살아가게 된다.

그렇지 못할 때 수치심, 열등감, 분노 등 부정적 감정을 갖고 살게 되며 감정 표현을 하지 않고 가슴을 닫는다. 그리고 고통에서 도피하기 위해 게임이나 포르노, 술, 담배, 이성에 몰두한다.

마지막 날 상처를 준 부모님을 용서하며 무거운 짐에서 벗어나는 청년들을 보았다. 어둠에서 빛으로, 슬픔에서 환희로 변한 그들의 미소에서 아버지 학교의 진면목을 보았다.

아버지의 영향력은 대를 이어 내려간다. 아버지가 술 중독이면 아들도 술 중독이 되기 쉽고, 아내도 술 중독 아버지를 둔 여자를 얻기 쉽다. 인간의 감정의 틀은 3세까지 80% 정도 형성되는데, 이성을 만날 때 동일한 감정을 가진 사람과 만날 때 사랑의 감정이 일어나기 때문이다.

가정 중요한 것은 모든 사람이 상처와 수치심이 있음을 알고 자신도 상처가 있음을 인정하는 것이다. 그래야 결혼해서도 서로 위로와 격려가 필요한 연약한 존재라는 것을 알아 행복한 삶을 가질 수 있다.

우리나라의 이혼율은 세계 2위이지만 별거와 정서적 이혼까지 포함하면 이미 1위가 틀림없다. 그런 가정에서 자란 자녀들이 부정적 감정(수치심, 열등감, 두려움, 분노)을 가지게 된다. 그 감정에서 도피하기 위해 결혼을 택하기도 하지만 의학적으로나 통계적으로나 행복한 가정을 이루지 못하고 자신의 부모와 마찬가지로 이혼과 별거, 정서적 이혼 상태가 된다.

사랑을 받아보지 못했기 때문에 사랑하는 방법을 모른다. 사랑을 줄 에너지가 없어 상대방에게 사랑을 주지도 못한다. 사랑에 굶주려 있기 때문에 서로에게 사랑을 끊임없이 요구하면서 갈등이 시작되고 시간이 지나 그 갈등이 심해지면 이혼이나 별거에 들어가게 된다.

건강한 결혼을 하려면 상처의 책임이 나에게 있는 것이 아니라고 선포할 필요가 있다. 자신에게 상처를 준 사람을 용서하면 상처로 인한 부정적 감정이 사라져 새로운 마음을 갖게 되고 정서적으로 안정된 사람을 만나게 된다. 우리는 미워하면 나쁜 점을 똑같이 닮고 용서하면 좋은 점이 비슷해진다는 진리를 믿어야 한다.

아버지로부터 받은 부정적 영향은 용서와 함께 벗어나고 긍정적 영향은 물려받아서 건강한 가정을 이루어 기쁜 평강의 삶을 살게 하는 것이 이 땅의 아버지들이 할 일이다.

주례사

먼저 김○○ 군과 조○○ 양의 결혼을 축하하고 축복합니다. 이 순간 이후의 모든 삶을 축복합니다.

문제가 있는 많은 부부들을 상담하다 보면 행복한 가정을 이루는 데 반드시 필요한 것이 두 가지가 있습니다. 한 달 전에 김○○ 군과 조○○ 양을 만나서 당부한 것을 다시 강조합니다. 첫 번째는 부모를 떠나는 것이고, 두 번째는 둘이 하나 되는 것입니다. 많은 부부들이 결혼한 후에도 부모를 떠나지 못해서 문제가 생깁니다. 경제적으로, 정서적으로 부모를 떠나는 것입니다.

경제적으로 부모를 의지해서도 안 되고 또 부담을 가져서도 안 됩니다. 결혼하면 어떻게 해서든 부부가 한마음으로 독립해서 살아야 합니다. 또 정서적으로 떠나야 합니다. 부모님의 사랑을 고이 간직한 채 떠나야 합니다. 부모님 쪽에서는 자녀를 떠나보낼 수 있어야 합니다. 항구에 정박한 배가 멀리 항해할 수 있도록 기름을 가득 채워서 보내야 합니다. 떠나지 못하는 배는 썩고 맙니다.

부모님의 역할은 잘 떠날 수 있도록 잘 양육하는 것입니다. 내가 어떻게 키운 딸인데, 아들인데 하면서 붙들고 간섭하려 든다면 결혼한 새 가정이 병든다는 것을 알아야 합니다. 행복한 가정이 되기 위해서는 부모를 경제적으로, 정서적으로 떠난 다음 둘이 하나가 되어야 합니다.

오늘 이 시간 이후 두 사람은 연애할 때와 다른 모습들을 발견할 것입니다. 타고난 기질의 차이, 성장 배경 등 가지고 있는 기본이 다릅니다. 잠자는 습관(일찍 자고 일찍 일어나는 사람, 늦게 자고 늦게 일어나는 사람), 음식 맛의 차이(짜고 맵게 먹는 사람, 싱겁게 먹는 사람), 부모님의 영향력 차이들도 있습니다.

다른 두 사람이 하나가 되려면 원칙을 지켜야 합니다. 아내는 남편을 존경하고, 남편을 아내를 배려하고 사랑해 주어야 합니다. 이 원칙이 지켜져야 문제가 없습니다. 남자는 존경을 받아야 힘이 나고, 여자는 사랑을 받아야 살맛이 납니다.

또 남녀에는 성적 차이가 있습니다. 이것은 당연한 것입니다. 둘이 하나 된다는 것은 배우자를 위해서 자신이 죽어야 한다는 것입니다. 자신의 몸과 마음으로 배우자를 섬겨 주어야 합니다. 자기 것을 자기 것이라 주장하지 말아야 합니다. 부부 싸움은 자기 자신을 주장하면서 생깁니다.

가장 가까운 이웃인 아내와 남편을 끝까지 섬기며 사랑해야 합니다. 이것이 이웃 사랑의 실천입니다. 매일 부부가 싸우면서 이웃 사랑을 이야기하는 것은 앞뒤가 안 맞습니다. 자기 십자가를 지고 서로 사랑하며 걸어야 지치지 않고, 가볍고, 즐겁고, 긴 인생길을 갈 수 있습니다. 이때 십자가는 가볍습니다. 인문학을 공부한다고 부부가 행복해질 수 없습니다. 자신을 내려놓는 십자가만이 행복의 지름길입니다.

이제 사랑의 열매로 자녀를 두게 됩니다. 자녀는 부모의 소유물이 아니라 창조주께서 양육하라고 위탁한, 사랑받기 위해 태어난 생명입니다. 부모의 사랑을 듬뿍 받고 자랄 수 있도록 최선을 다해 인정하고 격려하며 양육하십시오. 그리고 다 자란 후에는 또 떠나보내고 간섭하지 마십시오.

이렇게 살다 보면 시간은 가고 중년을 지나 노년이 됩니다. 인생은 나그네의 삶이고 풀과 같습니다. 빠르게 지나갑니다. 서로 사랑하고 살기에도 짧은 시간입니다. 이런 짧은 인생을 다투며 시간 낭비하지 말고 온 몸과 마음으로 사랑하십시오. 그러면 상대방이 감동하게 됩니다. 감동의 인생이 됩니다.

자녀들의 미래도 밝아집니다. 부부가 재미있게 사는 모습을 보여 주면 아이들은 인생을 긍정적으로 보고 정서적으로 안정됩니다. 그러면 집중력과 창의력 있게 살게 됩니다. 그렇게 하겠습니까? 이렇게 두 부부가 잘 사는 것이 부모에게 효도하는 것이고, 애국하는 것이고, 후손들에게 가장 큰 유산을 물려주는 것입니다.

아무쪼록 행복하게 살아서 이 가정을 통해 사랑이 흘러나가 모든 사람에게 도전이 되도록 하십시오. 다시 한 번 두 분을 축복합니다. 잘 사십시오. 두 분을 위해 기도하겠습니다.

좋으신 하나님 아버지, 당신의 자녀 김○○ 군과 조○○ 양을 축복해 주시옵소서. 지금까지 여러 어려움 가운데 함께하셨던 것처럼 앞으로 항상 함께하셔서 지켜 주시고 축복하여 주시옵소서. 자녀를 갖게 하시고 그 자녀들 또한 축복하여 주시옵소서. 주님께서 우리를 위해 죽으셨던 것처럼 이 두 사람이 서로를 위해 죽을 수 있게 믿음 주시고 용기를 주시옵소서. 일용할 양식을 허락하시고 세상에 살되 세상에 속하지 않도록 도와주옵소서. 예수님 이름으로 축복하며 기도드립니다.

추신.
결혼식 후 이 주례사를 부부에게 주었다. 이 글을 함께 읽고 몇 번의 이혼 위기를 넘겼다고 한다.

딸에게 보내는 편지

좋은 직장을 그만두고 미국으로 공부하러 가겠다고 했을 때, 직장 다니다가 좋은 사람 만나 가정을 꾸미는 생각을 했던 아버지는 한동안 난감했다. 직장 문화, 특히 술 문화에 힘들어했던 네가 도피처로 미국을 택한 것이 아닌가 생각했지만 미래를 향한 네 의지를 알고 허락했다.

남북통일에 대비해 공부를 더 하겠다는 너의 말에 갸우뚱했던 나에게 '믿음은 바라는 것의 실상이요, 보이지 않는 것의 증거.'라는 문자를 남기고 너는 미국으로 떠났다.

언니가 태어났을 때도 그랬지만 네가 세상에 처음 나왔을 때도 생명의 신비와 경외감을 가졌다. 아빠는 언니와 너에게 먹고 싶은 걸 먹게 하고, 유치원에 보내고, 피아노와 미술을 시키고, 수영도 가르치며 남부럽지 않게 키우겠다는 다짐을 했다.

그때의 내 일기장에는 이렇게 쓰여 있다.

'아이가 태어났다. 어깨가 무겁다. 잘 키우겠다. 원하는 것은 모두 시켜 주겠다. 남부럽지 않게. 남부럽지 않게.'

나의 어렸을 때의 결핍을 너에게 물려주지 않겠다는 잠재의

식에 그런 생각을 갖게 되었을 것이다.

결혼을 했을 때도 나는 남편의 책임을 다하겠다고 다짐하고 또 다짐했다. 최소한 밥은 굶지 않게 하겠다는 것이 나의 생각이었다. 돈만 벌어다 준다고 남편과 아버지의 역할을 다하는 것이 아님을 안 것은 네가 태어나고도 한참 지난 후의 일이다.

"열심히 사시는 아버지가 자랑스럽다."고 말하지만 나는 너에게 사과할 일이 많다. 좋은 아버지가 어떤 아버지인줄 몰랐을 때 나는 운동에 미쳐 너와 함께 보낸 시간이 없었다. 아버지가 가난 속에서 공부했기 때문에 돈만 벌어다 주면 아버지 역할을 다 하는 줄 알았지. 주말이면 운동 시합에 나가서 너와 함께하지 못했다. 시합에 지고 와서 기분이 상해 있을 때 너는 아버지를 피해 네 방으로 들어가곤 했지. 그런 상황 속에서 엄마의 사랑과 위로를 받고 명랑하고 지혜롭게 자라 주어서 고맙다.

나는 좋은 아버지가 되려고 애쓰고 있다. 청년들에게는 결혼관에 대해서, 부부들에게는 가정과 성에 대해서 말하며 좋은 아버지가 되는 방법을 강의할 때 나의 실패담을 이야기하고 있다.

학생 신분으로 바쁜 시간을 쪼개서 너는 나, 엄마와 함께하는 시간을 의도적으로 많이 만들었다. 너와 함께 한 여행들을 생각해 본다.

오대호 연안에서 본 밤하늘은 잊지 못한다. 늦가을의 바람이 시원하게 불어오는 밤에 반짝이는 별은 내가 어렸을 때 보았던 깨끗한 밤하늘의 초롱초롱한 별천지였다. 오랫동안 별들을 서서 보다가 땅에 누워서 또 한참을 보고 방에 들어와서도 창문을 열어 놓고 별을 보다가 잠이 들었지.

여전히 별들은 오염이 없는 곳에서 아름답게 반짝이듯이 세상이 어지럽고 혼란한 것 같아도 우리 마음의 욕망과 교만의 찌꺼기들을 버리고 나면 인생은 아름답고 살아볼 만한 가치가 있단다. 별이 빛나는 것처럼 너의 인생도 별처럼 반짝이며 빛나길 소망한다.

이제는 너를 우리로부터 떠나보내 사랑하는 남편에게 맡기려 한다. 그 마지막을 너에게 깊은 사랑으로 표현하고 싶구나.

사랑받아 본 사람만이 사랑을 줄 수 있다는 말에 전적으로 공감한다. 나도 네가 사랑을 많이 받고 자란 남자와 만나서 결혼했으면 한다. 사랑을 받고 자란 사람만이 상처가 없고, 그늘이 없고, 수치심이나 열등감이 없어 사는 동안 시간 낭비하지 않고 받았던 사랑대로 너에게, 또 자녀들에게, 이웃에게 자연스럽게 흘려보낼 수 있기 때문이다. 그렇게 가정에서 사랑을 받지는 못했더라도 최소한 하나님의 사랑을 받아 은혜 가운데 사는 남자이면 좋겠다.

이제 너도 부모를 떠나 둘이 하나 되라는 말씀을 생각하며 준비를 하리라 생각된다. 보통 부모들은 자녀들에게 삶의 방법과 방향을 이야기해 주지만 나는 너의 생각의 깊이와 사고의 방향이 얼마나 깊고 올바른지 놀라고 있다.

행복은 이미 우리 곁에 와 있는데 우리의 욕망 때문에 그것을 느끼지 못해 불행해 한다는 네 말은 너를 이젠 떠나보내도 안심이 되게 한다. 그리고 '행복은 순간순간 느끼는 행복감이지, 어떤 개념이 아니다.'라는 생각도 나를 놀라게 했지. 우리가 너무 욕망에 사로잡히거나 또 너무 절망한다면 하나님께서 우리에게 주시고자 하는 자유와 평강의 행복감을 느낄 수 없다.

미국에 가서 힘든 일정이 너를 기다리고 있을 것이다. 지금까지 했듯이 주위 사람들과 교제 잘하고, 항상 칭찬받도록 하고, 교수님들이 원하는 것들을 최대한 도와주어라. 그리고 너의 신랑감도 찾는 데 신경을 써라. 여자의 매력을 가꾸는 데도 소홀하지 말고.

나는 너를 믿는다. 그리고 지금까지 너를 선하게 인도하신 하나님 아버지를 신뢰한다.

잘 가고 몸조심하여라.

사랑하고 축복한다.

3. 삶

입영 열차

1977년 2월 7일, 그날도 새벽바람이 매서웠다. 내린 눈을 밟으며 입영 열차를 타러 걸어갔다.

법대를 중퇴하고 고시 공부를 하다가 우여곡절 끝에 의대에 입학한 나는 군의관 신청을 할 수 있는 나이를 넘겨 버렸다. 언제 영장이 나올지 모르는 불안한 상황에서 재시를 밥 먹듯이 하며 학교를 다니고 있었는데 갑자기 영장이 나왔다.

"같이 갑시다."

"동생이 군대 가세요?"

집결지에 모이는 20대 초반의 눈에는 28살인 내가 입대하는 사람이라는 것이 믿겨지지 않은 모양이다.

입영 열차는 논산을 향해 달렸다. 차 안에서는 조교들이 군기를 잡으며 "18살, 손들어!" "19살, 손들어!" 하며 소리쳤다. 대부분 손을 들었다.

20살, 21살, 22살……. 손을 드는 숫자가 점점 줄어들더니 26살부터는 손을 드는 사람이 없었다.

"그 이상!"

조교가 마지막으로 소리쳤다. 나는 혼자 손을 들었다.

"어떻게 하시려고……?"

군기를 잡던 빨간 모자의 조교가 내 곁으로 오더니 걱정스런 눈으로 존대를 하였다.

"몸조심하십쇼."

그 후로 나이가 많은 것이 알려지면서 훈련병 사이에서 '영 감'이라고 불렸다. 지금은 그들도 육십이 다 되었거나 넘었을 것이다. 서울에서 대학을 다니다가 입대한 애들보다 뒷골목에서 놀다 온 애들, 농사를 짓다 입대한 아이들이 소위 '의리'라는 것이 있었다. 훈련 중 보이지 않게 나를 도와준 것도 그들이 었다.

훈련이 끝나고 전에 없었던 가족 면회가 20년 만에 처음으로 실시되었다. 하지만 나는 집에 연락을 하지 않았다. 부모님도 안 계셨고, 다 바쁘게 사는 형제들에게 연락을 하기 싫었다. 무엇보다 초라한 모습을 보이기 싫었다.

면회가 있던 날, 나는 유일하게 혼자였다. 내무반에서 담배를 피우고 있었는데 같이 식사하자고 나를 부른 것이 바로 그 뒷골목과 농촌 출신 훈련병들이었다.

훈련이 끝나고 자대 배치를 받아 떠나던 날, 나의 주머니에 봉투를 넣어 주는 동료 훈련병이 있었다. 농촌에서 소를 키우며 겨우 고등학교를 졸업한 어린 훈련병이었다. 사회에서 알던 사람도 아니었고 훈련 중에 나하고 친하게 지내지도 않았다.

그리 적지도 않은 돈이었다. 조금만 한눈팔아도 모자가 없어지고 신발이 없어지는 살벌한 훈련소에서 있었던 일이다. 조그마한 키에 농사를 해서인지 딱 벌어진 어깨를 한 정영덕이란 친구였다. 그 친구가 보기에도 내가 불쌍해 보였나 보다. 그 후에 그를 만난 적은 없다.

얼마 전에 전화가 온 적이 있다.

"이주성 비뇨기과죠. 선생님이 논산에서 훈련받았던 분 맞죠?"

그렇다고 하니까 반갑다고 하면서 전화를 끊었다. 밝은 목소리였다. 정영덕이 아니면 나를 도와주었던 훈련병 중 한 명이었을 것이다. 전화를 기다렸으나 다시는 오지 않았다.

나는 군대 생활을 한 3년이 지금까지의 인생에서 가장 평안한 안식의 시간이었음을 말할 수 있다. 훈련과 노동, 점호와 얼차려 등 객관적으로 힘든 일들이 많았지만 나 자신을 완전히 내려놓고 질서에 순응하니 누님 집에 살며 하고 싶지 않은 의대 공부로 등록금 때마다 고역을 치르는 것보다는 마음이 편했다.

김장철에 밭에서 배추를 뽑아 군용차에 싣고 그 위에 누워 담배를 피우고 있으면 내가 배추인지 배추가 나인지 구별이 안 되었다. 그냥 트럭 위로 던져진 배추에 불과했다. '나'라는 자아는 존재하지 않았다.

지금 생각이지만 그것이 인생이 아닌가 한다. 그 이상을 느껴 보고자 하는 것은 욕망이고 그로 인해 불행이 찾아온다고 생각한다. 그냥 던져졌다 버무려지고 흙으로 돌아가는 것이 인생이다.

많은 친구들이 얼마나 힘들었냐고 묻고 있지만 만약 그 시간이 없었다면 나는 병들었을 것이다. 지금도 나에게 힘든 때란 나를 버리지 못하고, 노후의 삶이나 자녀들을 내려놓지 못한 채 붙잡고 있을 때라는 것을 안다.

환자들 중에 행복을 느끼며 사는 사람들을 보면 많이 소유한 사람들보다, 많이 소유하려고 애쓰는 사람들보다 많은 것을 내려놓고 자족하며 산다. 정영덕은 가난해도 지금도 불쌍한 이웃과 자신을 나누며 행복한 삶을 살고 있을 것이다.

제대 후 하기 싫은 복학을 하고 졸업과 결혼, 개업을 하며 시간은 나의 의지와 상관없이 빠르게 지나갔다. 그 이후 군 트럭 김장 배추 위에 누워 있을 때의 자유를 느껴 본 적은 없다. 조금 더, 조금 더, 그러면서 욕망에 붙들려 살아온 느낌이다.

은퇴를 앞둔 요즘 나를 돌아보면 군대 생활과 고시 공부를 한다고 화전민 촌에 있었던 8개월이 가장 행복했던 시간이었다. 환난 중에도 행복할 수 있다. 어려움 중에도 살아내야 하는 게 우리네 인생이다. 그리고 그것이 현실이다. 헛된 희망과 욕망이 인간을 타락시키고 불행하게 만든다.

개업가에 찬바람이 분다. 어려움을 겪고 있는 젊은 후배 의사들, 특히 비뇨기과 후배들에게 말하고 싶은 것은 내려놓을 때 행복할 수 있고 안식할 수 있다는 것이다.

2016년 2월 7일은 입대한 지 40년이 되는 날이기도 하고, 결혼한 지 35주년이 되는 날이기도 하고, 개업한 지 30년이 되는

날이기도 하다. 나를 버린 날이기도 하고, 다시 시작한 날이기
도 하다.

　이 땅에서의 소풍이 끝나면 또 다른 삶이 시작될 것이다. 남
은 소풍이 아름답기 위해 나는 오늘도 나를 버린다.

가난한 날의 추억

병원 뒷골목에는 음식점과 술집이 밀집되어 있다. 나이트클럽과 모텔도 많아 밤이 되면 골목마다 사람들로 꽉 차 다니기조차 힘들다. 네온의 불빛은 사람들을 어지럽게 하고, 들뜨게 하며, 금세 마취시켜 버린다.

이 소란스러움은 저녁부터 다음날 새벽까지 계속된다. 아침에 출근할 때도 여기저기 취해서 비틀대는 젊은이들이 보인다. 전날 도로에 뿌려진 광고, 특히 술집을 광고하는 전단지들을 치우는 청소부의 손길이 바쁘다.

두 달 전부터 거리는 조용해졌다. 크리스마스와 12월 31일에도 한산했다. 작년 같은 흥청거림과 비틀거림은 사라졌다. 조용하고 차분한 거리에는 차가운 바람에 옷깃을 올리며 고개를 숙이고 바삐 가정으로 돌아가는 사람들이 있을 뿐이다. 경제가 어려워지고 주머니 사정이 여의치 않아지자 사람들은 긴장한 듯 거리에서 서성거리지 않고 가정으로 돌아갔다. 사람들은 돈이 없어야 마음도 가난해지는가 보다.

새해 첫날, 가족과 함께 강화도에 있는 얼음 썰매장에 갔다.

5천 평 정도의 논에 물을 담아 만든 썰매장인데, 어렸을 적 쌍문동 근처 논에서 타던 추억이 떠올라 흥분되었다. 아내와 딸들도 처음 타 보는 썰매 타기에 즐거워하였다.

옛날에 타던 썰매는 외발 썰매를 비롯하여 크기부터 썰매 날까지 모두 개성이 있었다. 굵은 철사를 이용하기도 했고, 대장간에서 'ㄱ'자 날을 사다가 만들기도 했고, 남들이 부러워하는 녹슨 스케이트 날로 만들기도 했다. 그곳에서 빌려 주는 썰매는 규격화되고 조금 작아 아쉽기는 하였지만 우리는 기차놀이도 하고 누가 빠르나 내기도 하면서 시간 가는 줄 모르게 땀을 흘렸다.

대부분 어린아이들을 데려온 젊은 부부들이었지만 머리가 하얀 할아버지와 할머니들도 여기저기 눈이 띄었다. 국민 소득이 100불도 안 되던 시절의 유일한 겨울 놀이였던 썰매를 다시 타며, 또 얼음 위에서 팽이채로 팽이를 돌리면서, 나의 마음은 어느새 옛날로 돌아간다.

1950년대 초 미아리와 삼양동의 산언덕에는 지금처럼 사람들이 많이 살지 않았다. 그곳에 사는 사람들은 가난하여 하루 세끼 밥을 먹는 가정이 별로 없었다. 봄이 되면 산에 가서 나물을 뜯어다가 보리쌀과 함께 죽을 끓여 먹든지, 정부에서 주는 밀가루로 수제비나 칼국수를 만들어 먹는 것이 전부였다. 그것도 여의치 않으면 몇 날을 굶는 것이 보통이었다.

지금의 길음 시장 쪽에는 그 당시에도 사람이 많이 살고 있었다. 그러나 거기서 30분 정도 걸어가면 삼각산 자락이어서 나무들이 많았고 집은 몇 채 되지 않았다. 집이 없는 사람들이 그곳의 산을 개간해서 집을 짓고 살아도 아무도 뭐라 말하지 않는 시절이었다. 몇 년이 지나 농촌에서 올라온 도시 빈민들과 철거민들로 가득 차게 되었지만 처음에는 10가구 정도가 판자나 흙벽돌로 지은 집에 모여 살았다.

재개발된다는 말을 듣고 그곳에 45년 만에 다시 가 보았다. 빽빽한 낮은 집들과 좁은 골목길, 부서진 연탄재. 내가 그곳을 떠날 때의 모습이 아직 많이 남아 있었다.

찬바람이 저쪽 골목길을 따라 불어온다. 나는 고개를 숙이고 상념에 잠긴다.

중학생 정도만 되면 가출을 생각했고, 또 실제로 가출한 아이들이 많았다. 굶으며 학교를 다니기보다는 가출하여 구두를 닦든가 극장이나 빵집에 취직하기를 원했다. 모두가 어렵던 시절이었지만 그곳 산동네의 궁핍과 고통은 더욱 심했다. 지금처럼 비만으로 고생하는 사람은 한 사람도 없었다.

밥 한번 배불리 먹는 것이 간절한 소망이었다. 쌀을 한 말씩 사는 사람들은 없었고 한 되, 또는 한 홉을 누런 봉지에 사 들고 오는 집이 대부분이었다. 증명사진을 찍을 때면 마른 얼굴을 보이기 싫어 볼에 바람을 넣고 찍는 친구들도 많았다.

나는 기억하지 못하지만 우리 집은 해방 전만 해도 경기도 안양의 지역 유지로서 남부럽지 않게 살았다. 기와집에는 자전거와 유성기 등 그 당시 보기 힘든 물건이 있었다. 박경리의 『토지』에 나오는 최 참판 댁 정도는 아닐지라도 방학 때면 스케이트를 타는 부르주아 집안이었다고 한다. 개업 초기에 안양에서 살던 나이든 사람들을 만나면 그들은 우리 집안에 대해 내가 알지 못하는 것들을 소상하게 말해 주곤 했다.

해방 후 토지 개혁과 거듭되는 사업 실패로 안양을 떠날 때가 내 나이 5살이었다. 그땐 이미 가세가 기울었기 때문에 집안 분위기는 어두웠다. 안양천에서 물장구치고 참외 서리한 것 외에는 유쾌한 기억이 없다. 당시 누님들은 일기장에 '집이 망했다. 열심히 공부해서 집안을 세워야겠다.'라고 썼다고 한다. 나는 잘 살았던 모습을 본 적이 없기 때문에 요즘 말하면 '흙수저'로 태어난 셈이다.

휘경동에서 남은 돈으로 하던 사업이 안 되어 빚잔치를 하고 미아리로 들어온 것이 초등학교 1학년 즈음이다. 그때의 기억이 난다. 빚쟁이들의 아우성. 어떤 사람은 이불을, 어떤 사람은 양은 냄비를 가지고 갔다.

휘경동에서 즐거웠던 기억으로는 맑은 중랑천에서 멱을 감고 놀던 것밖에 없다. 사람이 살지 않던 미아리에 새끼줄을 치고 개간을 시작했다. 엉겅퀴와 가시덤불을 헤치고 천막을 쳤다. 나중에 지은 판잣집이 장마에 떠내려 간 후에는 벽돌을 찍어 집을 지었다. 돌을 다듬어 집의 초석과 구들을 만들고 축대를 쌓았다.

늘 먹을 것이 없었다. 동네 사람들은 먹고 살기 위해서라면 도둑질 말고는 닥치는 대로 일을 했다. 야바위 등 남을 등쳐 먹는 일도 했으니 도둑질도 안 했다고 말할 수는 없다.

그곳에서 있었던 어느 가정의 이야기이다.

그 집 아버지는 겨울이면 서울 근교를 다니면서 쌀이나 강냉이를 튀겨 주고, 여름에는 과일을 받아 팔며 생계를 꾸려 가시는 분이었다. 가끔은 옆집인 우리 집에 팔다 남은 강냉이를 갖다 주곤 하였는데 그런 날이면 모든 염려와 시름이 사라지고 강냉이 한 봉지로 기쁨과 행복이 넘쳤다.

그 집 막내아들이 나의 친구라 그 집 사정을 잘 알고 있었다. 밥을 굶은 채 힘없이 일하러 나가는 아버지를 껴안고 우시면서 아버지 주머니에 삶은 고구마를 넣어 주시는 어머니를 여러 번 보았다고 한다. 그럴 때면 아버지는 같이 우시면서 주머니에 넣었던 고구마를 다시 아내 손에 쥐여 주었다. 그 고구마는 결국 세 자녀에게 돌아갔다.

그 집 아버지가 말죽거리에서 강냉이를 튀기는 일을 할 때였다. 그 당시 미아리에서 말죽거리를 가려면 산길을 30분 정도 내려와 버스를 타고 돈암동까지 가서 다시 전차를 타고 노량진에서 내려 한 번 더 시외버스를 타야만 했다. 한강 대교만이 한강을 건너는 유일한 다리였다. 흑석동 길은 포장도 되어 있지 않던 시절이었다. 나도 몇 번 따라간 적이 있다.

아침에 일하러 나간 남편이 이틀 동안 돌아오지 않았다. 아내는 밥도 먹지 못했다. 일을 나간 남편이 눈이 많이 내린 추운 날 길거리에 쓰러졌을 것이란 생각이 들어 남편을 찾아 나섰다. 휴대 전화도 없고 전화도 많지 않던 시절이다. 무작정 버스와 전차를 타고 말죽거리 온 동네를 헤매었다. 동네 사람들 이

야기로는 이틀 동안 강냉이 튀기는 아저씨를 본 적이 없다고
했다.

아내는 길가에 쓰러져 있을 남편을 아침부터 저녁까지 정신
없이 찾고 또 찾았다. 그러다가 아무것도 먹지 못하고 눈길에
지쳐 쓰러졌다. 슬픈 영화의 한 장면같이 말이다.

그 집 아버지는 그 기계를 도둑맞은 것이었다. 강냉이 튀기
는 기계를 미아리까지 가지고 다닐 수 없어 서울 근교에서 일
을 할 때는 다른 집에 맡기다가 말이다. 도둑맞은 사실을 아내
가 알면 상심이 너무 클 것이라 생각하고 생계를 꾸려 가는 수
단인 그 기계를 찾으려 정신없이 이틀을 보낸 것이었다.

겨우 기계를 찾고 집에 갔다가 아내가 병원에 입원하였다는
소식을 듣게 되어 병원으로 달려갔다. 남편은 병실에 누워 있
는 아내의 두 손을 꼭 쥐고 눈물을 흘렸다고 한다.

가난했던 시절의 아름다운 사랑 이야기다. 몇 년 후 그 집은
다른 곳으로 이사하였다.

긴 세월 연락이 끊겼다가 최근에 병원에서 어릴 적 친구를
우연히 만났다. 3살 된 어린 손자의 피부 질환 때문에 내원한
것이었다.

부모님들은 모두 고생하시다 돌아가셨지만 다섯 형제들 모
두 부모님의 헌신과 사랑의 영향으로 잘 지내고 있고 자녀들
또한 성실하게 살고 있다고 했다. 부모님이 남겨주신 정신적
유산으로 절제와 인내와 사랑을 배웠고, 가난 속에서 가족이
한마음으로 아름답게 살던 기억들이 세상을 이기는 큰 힘이

되었다고도 했다.

먹고살 만큼 되면 지난날의 가난을 잊어버리나 보다. 가난이나 불행을 오래 기억한다고 좋을 리 없지만 가끔은 가난한 시절로부터의 작은 행복들을 기억했으면 한다.

경제가 살아나면 뒷골목이 다시 소란해지고 흐느적대면서 병원에도 환자가 늘겠지만 반갑지 않다. 내 심령이 항상 가난하고 애통해져서 세상의 소란스러움으로부터 격리되어 마음의 깊은 곳에서 들리는 작은 음성에 붙잡혔으면 한다.

새해가 시작되었다. 우리 안에 있는 소란함을 몰아내어 순결하고 청결한 빛이 우리들 모두의 가정에 가득하기를 소망한다.

내려놓음

개업 초기부터 30년 동안 전립선 비대증으로 내원하시는 97세 할아버지가 계신데 요즘은 계단 오르기를 힘들어하신다. 눈도 잘 안 보이고 귀도 잘 들리지 않지만 할아버지의 얼굴은 언제나 평온 그 자체이다. 세월이 흐르면서 '큰 바위 얼굴'처럼 겸손과 진실함으로 채워져 간다.

오실 때마다 대기실에서 눈을 감고 기도를 하시고 진료실에 와서도 기도를 하신다. 내가 30년 동안 큰 문제없이 병원을 운영할 수 있었던 것이 할아버지의 기도 덕분이라 생각하고 있다.

할아버지는 나환자셨다. 전염력이 없다는 진단을 받은 뒤 1960년대 초 소록도에서 인천으로 강제 이주됐고, 당시 정부에서 땅을 불하해 주어 정착하게 됐다.

의료 보호 환자로서 정부에서 주는 월 30만 원으로 살고 있지만 얼굴에는 항상 평화와 감사, 기쁨이 넘친다. 그 모습을 볼 때마다 나에게도 그 행복감이 전염돼 할아버지의 방문을 기다리게 된다.

내가 재정이 힘든 자선 단체를 소개하면 어김없이 할아버지는 그곳에 후원금을 보내시곤 한다. 무슨 돈이 있어 그렇게 하시는지 모르지만 나는 '오병이어의 기적'을 할아버지를 통해서 경험하게 된다.

일제 강점기 때 소록도에 있는 모든 나병 환자들에게 정관수술을 시행했기 때문에 자식은 없고 할머니와 두 분이 소꿉장난하듯 사신다. 몸이 편찮으시면 서로를 걱정해 주는 모습이 애절한데 먼저 죽으면 남은 사람이 너무 슬퍼할까 봐 죽지 못하겠다고 한다.

40년 전 자신의 문지방에 버려진 갓난아이를 자식처럼 키웠는데 지금은 독일에서 박사 학위를 받고 그곳에 취직해 있다. 수소문해 낳은 부모를 찾아 줬지만 할아버지를 진정한 아버지로 생각하고 있다.

그 아이가 잠시 한국에 들렀을 때 할아버지와 함께 만나 봤다. 이미 훌쩍 커 버린 서른 살의 처녀는 남을 배려하는 행동거지가 할아버지를 쏙 빼닮았다. 누구와 함께 사느냐가 얼마나 중요한가를 새삼 느끼게 된다. 나도 후손들을 위해 할아버지처럼 살아야겠다는 결심을 하게 된다. 버릴 것은 버리는 삶. 그것이 여유로움과 평화, 기쁨의 원천임을 알게 된다.

우리 병원의 환자 중에는 또 다른 97세의 할아버지가 다니셨는데 얼마 전에 돌아가셨다. 이분도 같은 시기에 소록도에서 인천으로 이주한 분이다.

할아버지는 그 당시 불하받은 땅값이 오르자 그곳에 건물을 지었다. 집세만 한 달에 수천만 원씩 받는 알부자이지만 더 소유하려는 집착과 아집으로 똘똘 뭉쳤다. 약도 주는 대로 가져 가는 것이 아니라 다른 약을 적어 가지고 와서 많이 달라며 고집을 부리는 분이다. 의사를 힘들게 하는 환자 중 한 분이다. (첫 번째 부인은 일찍 세상을 떠났고, 지금의 아내와 재혼했지만 행복해 보이지 않았다.)

돌아가시기 전까지 오랜 중풍으로 얼굴은 더 일그러지고 걸음도 자연스럽지 못했다. 하지만 소유에 대한 집착은 여전해 치켜뜬 눈과 꼭 다문 입술, 꽉 쥔 손에서 세상 것에 대한 집념을 엿볼 수 있었다. 돌아가신 후 남겨진 많은 재산으로 조카들 사이에 싸움이 길어지고 있다고 들었다.

비움은 채움의 전제 조건이 된다. 우리가 욕망과 소유를 내려놓는 이유는 기쁨과 평화와 신령함으로 채우기 위함이다.

동 시대에 태어나 비슷한 환경에서 살면서 한분은 나눠 주는 삶으로 자신도 자유가 되었고 이웃에게도 그 기쁨을 나눠 주고 있다. 또 다른 분은 내려놓지 못해 무거운 짐을 지며 다른 사람도 힘들게 하고 죽음 후에도 후손들을 힘들게 하고 있다.

나는 내 이름으로 된 것은 아무것도 소유하지 않기로 결심한 적이 있다. 그러나 자주 이사 다니는 것에 힘들어하는 아내의 호소로 작은 아파트를 분양받으면서 이 결심은 깨지고 말았다. 그 후에 너무 많은 것을 소유하며 살아왔고 그만큼 마음도 무겁다.

아내와 두 딸이 나의 마음에 동조해 준다면 모두 훌훌 털고 살고 싶다. 무엇을 먹을까, 무엇을 입을까에 대해 생각하지 않으려면 일용할 양식과 옷 한 벌로 만족하며 사는 단순한 생활로 돌아가야 한다.

금년 여름휴가 때 병원 내부를 수리했다. 병원 내부가 낡은 것도 있었지만 대기실이 좁아 환자가 몰리는 시간에는 환자들이 서 있는 경우가 있어 대기실을 늘렸다. 그리고 병원 내부에 있던 것들 중 필요 없는 것들을 죄다 내다 버렸다.

제일 먼저 장식용으로 꽂아 놓았던 원서들과 의학 잡지를 포함해 보지 않는 모든 책을 버렸다. 파지를 가지러 오시는 할머니가 리어카로 하루 종일 날랐으니 꽤 많은 양이었던 셈이다. 버리고 나니 마음이 홀가분해지고 무거운 짐을 내려놓을 때의 상쾌함이 있었다.

집에 와서 입지 않는 옷들과 구두, 그리고 창고에 있던 쓰지 않는 스키 장비와 테니스 라켓도 정리했다. 꼭 필요한 것만 남기고 그 나머지를 버린다면 아마 지니고 있을 것은 몇 개 안 될 것이다.

얼마 전 병원과 집을 오가며 키운 진돗개 새끼를 정원이 넓은 친구에게 준 적이 있다. 어렸을 때 진돗개와 같이 지낸 시절을 생각하며 환자에게 양해를 구하고 기른 것인데 강아지가 자라면서 병원과 아파트에서 감당하기 힘들게 되었다. 그래서 정원이 있는 단독 주택으로 이사 갈 것도 생각해 볼 정도로 고민이 많았다. 오랜 궁리 끝에 강아지를 포기하고 정원이 있는 친구에게 주었을 때의 기분이란 미안함보다는 해방감이었다.

20년 전에 옆에서 개업하시던 선배님께서 환갑을 지내시고 바로 몽골로 갔다. 잘되던 병원도 과감히 접고 떠난 것이다. 몽골의 친선 병원에 10년쯤 계시다 오셨다.

몽골에서의 한 달 생활비는 호화롭게 살아도 150만 원 정도라고 한다. 자녀들이 독립했다면 누구나 할 수 있는 일이다. 미래에 대한 염려와 더 소유하려는 마음 때문에 행복한 삶을 발견하지 못할 뿐이다.

몽골에 갈 때마다 만나 뵙는 선배님의 얼굴은 평화 그 자체였다. 일주일에 두 번 양로원을 찾아 노인들 목욕시키고 환자를 보며 바쁘게 지내시지만 시간을 내서 몽골의 초원을 자동차나 자전거로 달리시며 자유를 만끽하신다.

"이번 여름에는 자전거 타고 함께 여행 가지그래."

초원을 가로질러 하루 8시간 이상 자전거를 타고 10일 동안 가야 하는 여행이다. 목적지에는 남한 크기의 큰 호수가 있는데 그곳에 가려면 중간에 식사를 만들어 먹어야 하고, 텐트를 치고 노숙해야 하고, 늑대의 울음소리를 들으며 자야 한다.

"평화를 얻으려면 자신을 내려놓아야 해."

선배님의 말씀이 내 영혼을 깨운다.

자가용이 필요 없다. 웬만한 거리는 걸어 다니거나 지하철, 자전거를 타면 되고 택시를 타도 된다. 집도 작은 집을 얻어 교외에 전세로 살면서 2년에 한 번 살고 싶은 곳으로 이사하면 될 것이다.

비 오는 주말 밤이다. 도시의 네온 속으로 차들은 무언가 얻으려 무섭게 질주하고 나도 그 행렬 안에 있음을 발견하게 된다. 소유욕에는 끝도 없고 주말도 없다. 그저 하나라도 더 가지려고 발버둥치는 우리들이다.

내 속엔 내가 너무도 많아 당신의 쉴 곳 없네
내 속의 헛된 바람들로 당신의 편할 곳 없네

내 속엔 내가 어쩔 수 없는 어둠 당신의 쉴 자리를 뺏고
내 속엔 내가 이길 수 없는 슬픔 무성한 가시나무 숲 같네

- 하덕규의 '가시나무'

야바위꾼

"자, 자! 주사위가 들어 있는 컵을 맞히면 찍은 돈의 배를 드립니다. 아무나 맞혀 보세요."

당구장에서 볼 수 있는 파란 천을 덮은 간이 책상 위에 컵이 세 개 놓여 있다. 그 안에 들어 있는 주사위를 맞히면 건 돈의 두 배를 준단다. 누가 봐도 주사위가 들어 있는 컵을 알 수 있도록 천천히 컵을 돌리는데 엉뚱한 데 돈을 걸어서 돈을 잃는 사람이 있다. 또 돈을 따는 사람도 반드시 있다. 나중에 알고 보면 돈을 잃는 사람이나 돈을 따는 사람도 같은 일당이다. 돈을 걸기 전에 맞히면 "귀신이네. 돈을 걸지 않아서 아깝네." 하면서 돈을 걸라고 꼬신다.

1980년대 후반까지 사람이 많이 모이는 시장 주변이나 극장 근처 지하철역 앞에는 항상 이런 야바위꾼이 있었다. 어리숙하고 가난한 사람들이 욕심이 생겨 돈을 걸다가 하숙비를 날리기도 하고, 등록금을 날리기도 하고, 곗돈을 잃기도 한다. 돈을 다 털리는 순간 어디선가 호루라기 소리가 들리고 야바위꾼들은 순식간에 사라져 버린다. 골목으로 사라진 그들은 돈을 세어 보고 조용해지면 다시 그 자리에 나와 판을 벌인다. 호루라기를 부는 사람도 일당임은 자명하다.

내가 살던 1950년대 말 미아리 산동네에는 이런 일을 하면서 살아가는 사람들이 많았다. 장사할 자본은 없고, 먹고는 살아야 하는데 도둑질을 할 수는 없고, 그래서 생각해 낸 것이 야바위 짓이다. 박보 장기판을 만들어 사람이 많이 모이는 장소에서 가난한 사람들의 주머니를 털기도 하고, 탁구공에다 '국산품 애용'이라는 글씨를 적는 등의 야바위를 하며 생계를 이어 갔다.

털리는 사람이나 터는 사람들이나 하나같이 그 시대를 살았던 가난한 사람들이었다. 우리 앞집에 살던 25살 형도 야바위꾼으로 살고 있었다. 나는 야바위의 현장에 동업자로 따라다니곤 했다. 그때가 초등학교 6학년쯤 되었을 것이다.

병원을 개업할 당시인 1980년대 중반에도 병원 앞에는 주사위나 박보 장기로 먹고사는 늙은 야바위꾼들이 있었다. 3층에 있는 진료실에서 내려다보면 돈을 잃고 우는 순진한 청년들과 아줌마들이 있었다. 그러다가 갑자기 호루라기 소리가 들려오고 그들은 사라진다.

어린 나이에 동업자로 일했던 내 입장에서는 털리는 그들이 너무 순진한 사람일 수밖에 없었다. 야바위꾼들은 아마도 옆 골목에서 돈 계산을 하고 있을 것이다. 세월이 흘렀는데도 유치하고 고전적인 방법은 그대로다. 육십이 가까운, 머리가 희끗희끗하고 이가 빠진 노인들이다.

옛날 생각이 스쳐 지나간다. 앞집 형이 아마 저 나이가 되었을 거란 생각이 들었다. 새로운 직업을 찾지 못하고 감옥에 여러 번 들락거리면서도 평생 그 짓을 하고 있었던 불쌍한 사람들. 지금은 무엇을 하고 있는지 궁금하다. 아마 세상을 떠났는지도 모르겠다.

10년 전부터 병원 앞에는 신종 야바위꾼들이 돌아다닌다. 주사위나 박보 장기가 있던 장소에 2인 1조가 되어 "공덕이 있어 보입니다."라며 접근한다. 이들에게 걸려 돈이 털리는 순진하고 가난한 사람들이 있다. 이들을 따라가면 당신은 복이 있는 사람인데 복을 받지 못해 지금 힘들게 살고 있다고, 자신들이 복을 빌어 주겠다며 어느 장소로 데려간다.

그곳에는 제사상 같은 것이 차려져 있다. 거기서 주문을 외며 야바위 짓을 하는 것이다. 보통 30만 원 정도를 요구하는데 돈이 없다고 하면 카드도 된다고 한다. 병원 앞에 못 보던 2인 조가 계속 생겨나는 것을 보니 아직도 털리는 순진한 사람들이 있나 보다. 과거 주사위 야바위가 가난한 사람들을 유혹했다면 요즘은 상한 마음을 도적질하고 있다.

국회의원 선거가 끝났다. 지금까지 선거를 많이 겪어 봤지만 1960년대나 지금이나 정치꾼들이 야바위꾼으로밖에 보이지 않는다. 순진한 유권자들을 달콤한 사탕발림으로 유혹하고 뒷골목으로 가서 돈 계산을 하는 사람처럼 말이다. 하도 많이 당하던 사람들이 이번에는 어느 정도 정신을 차린 모양이다. 쉽게 털리지 않았다.

나는 오늘도 환자를 보고 있다. 과거 철모르고 따라다녔던 야바위에서 얼마나 멀어졌는지 두렵다. 내 안에 아직까지 남아 있는 흔적이 없는지…….

다시 꿈을 꾸어야겠다. 과거의 야바위들이 사라졌듯이 이 사회에, 그리고 내 안에 있는 어두운 것들이 신령함으로 가득 채워지기를 소망한다. 인생의 후반전은 어둠이 전혀 없는 해맑은 빛 가운데 살고 싶다.

요시소사尿是小事

방광암으로 인공 방광 수술을 받았던 77세의 남자가 삭은 선물을 가지고 병원을 찾았다. 지나가는 길에 들렀다고 했다.

2년 전 주위에 있는 내과 선생님이 혈뇨가 있는 환자를 나에게 보낸 적이 있다. 방광암으로 진단해 이대 목동 병원을 소개했고, 그렇게 인공 방광 수술을 받은 환자였다. 결과가 아주 좋아 불편 없이 정상적인 생활을 하고 있고, 다시 찾은 삶으로 의미 있는 여생을 살고 있다고 했다.

나는 잊고 있었지만 그분은 나를 잊지 않고 있었던 것 같다. 이런저런 이야기를 나누었다. 수술 후 자신의 집 가훈을 정했는데 '요시소사(尿是小事)'란다. 사람의 일상 중 소변보는 작은 일도 요의가 있어서 본인이 직접 해야 하는 것이지, 누가 강요한다고 해서 되는 것이 아니라는 뜻이라면서 중국 당나라 때의 일화를 전해 주었다.

어떤 사람이 당시 고승인 조주 스님께 와서 "제가 공부 욕심이 많아 하루라도 빨리 부처가 되고 싶으니 그 길을 인도해 주십시오."라고 하자 조주 스님께서 아무 응답도 없이 일어서면서 "나 지금 오줌 누러 가야 하네."라고 한 말에서 나온 것이란다. 방광암 수술을 받고 방광과 소변, 요의(尿意)에 대해서 많은 생각을 하던 차에 나온 가훈이라 생각된다.

며칠 전 그의 손자가 중학교에 입학하였는데 담임선생님으로부터 크게 칭찬을 들었다고 한다. 학교에서 각자의 가훈을 말하라고 했는데 칠판에 한자로 '요시소사(尿是小事)'를 쓰고 그 뜻을 자세히 설명하며 할아버지께서 방광암 수술 받은 후에 가훈으로 정했다는 말까지 했다는 것이다.

사람은 처음 태어날 때 대소변을 스스로 가리지 못하다가 장성하면서 자의로 생리 현상을 처리하게 되며, 노년으로 접어들면서 원활하지 못하게 되어 다시 어린아이로 돌아간다는 설명까지 했다고 하니 칭찬받을 만했다. 담임선생님의 남편이 비뇨기과 의사여서 더욱 칭찬을 받았단다.

나는 그분이 선물한 케이크를 먹으면서 여러 가지 생각을 했다. 지금 병원에서 아무 생각 없이 보는 환자들 중 그래도 나를 잊지 않는 분들이 있다는 것과 할아버지의 생각 변화가 가문을 변화시킬 수 있다는 것이었다. 그리고 심장이 뛰는 것, 숨 쉬는 것, 눈을 깜박이는 것, 소변보는 것 등 어느 하나 내가 하고 싶을 때 하는 것이 아니라 창조주의 기막힌 솜씨에 의해 유지되고 있는 것이라는 생각을 했다.

우리가 선택해서 심장을 뛰게 할 수 있겠는가? 내 의지로 눈을 깜박이는가? 내 의지로 그렇게 한다면 나는 한순간도 쉴 수 없을 것이다.

나는 시간과 공간을 선택할 수도 없고, 부모님이나 노화를 선택할 수도 없는 한계를 가진 존재가 아닌가? 내가 똑똑해서 사는 것이 아니라 살게 해 주시니 살고 있다는 겸손하고 낮은 마음이 들었다. 방광암을 통해 가훈까지 새로 정한 그분의 방문으로 나도 인생을 돌아보게 되었다.

그분은 80세가 다 되어서 새로운 가훈을 정하고 자신을 채찍질한다. 중학생인 손자에게까지 스스로 노력할 것을 당부하는 것을 보면서 선택할 수 있는 것이 별로 없는 인간이지만 순간 순간 우리가 할 수 있는 최선의 일들이 있다는 것을 깨닫는다.

이제 나는 예순 살을 훌쩍 넘긴 나이가 되었다. 하루로 말하면 저녁 8시 정도 되었을 것이고 계절로 말하면 늦가을쯤 되었을 것이다.

낙엽이 지기 전에 나름대로 최선의 삶을 살아 후손들에게 부끄럽지 않은 모습을 남기고 싶다.

MY MAY 2

내가 숲 속으로 들어간 것은 내 인생을 오로지 내 뜻대로 살아 보기 위해
서였다. 나는 인생의 본질적인 것들만 만나고 싶었다. (중략) 왜 우리는 성공
하려고 그처럼 필사적으로 서두르며, 그처럼 무모하게 일을 추진하는 것일
까? 어떤 사람이 자기의 또래들과 보조를 맞추지 않는다면 그것은 아마 그
가 그들과는 다른 고수의 북소리를 듣고 있기 때문일 것이다. 그 사람으로
하여금 자신이 듣는 음악에 맞추어 걸어가도록 내버려 두라. 그 북소리의
음률이 어떠하든, 또 그 소리가 얼마나 먼 곳에서 들리든 말이다. 그가 꼭 사
과나무나 떡갈나무와 같은 속도로 성숙해야 한다는 법칙은 없다. 그가 남과
보조를 맞추기 위해 자신의 봄을 여름으로 바꾸어야 한단 말인가?

- 헨리 데이비드 소로의 『월든』

모든 것이 부족하지만 자기만의 생활에 만족하는 소로는 오
늘날 아침과 저녁의 행복을 잃어버린 세상의 모든 영혼들에게
소리치고 있다.

프로 야구 선수 중에 최향남 선수라고 있다. 최향남을 잘 아
는 이들은 그를 가리켜 '풍운아(風雲兒)'라 부른다. 풍운아는 바
람, 구름과 함께 떠다니는 사람을 말한다. 최향남의 지금까지

의 삶이 그렇다.

그는 편하고 좋은 길을 스스로 마다하며 살아왔다. 불편하고 어려운 길을 피해 돌아간 적도 없다. 되레 그는 모두가 불가능하다고 믿는 불편한 길을 택했다. 군이 가지 않아도 될 길을 애써 찾아 걸었다. 그 바람에 그는 수십억 원을 손에 쥘 기회를 놓쳤고 개인적으로도 큰 풍파를 겪었다.

그는 40세가 넘은 나이에도 미국 메이저 리그에 끊임없이 도전했다. 그리고 46세가 된 지금, 아이티의 불우한 아이들에게 야구를 가르치며 자신을 드리는 삶을 계획하고 꿈꾸고 있다.

아프리카 지역을 돌며 그 지역의 기생충을 박멸하고 사랑을 실천하는 기생충 학자 임한종 선생님이 계시다. 그분은 고등학교 때부터 결심한 기생충 학자로서의 쉽지 않은 길로 평생을 가고 있다. 우리에게 돈보다는 사회에 유익한 일을 하라고 강의 시간에 한 말씀이 지금에 와서 더 의미 있게 다가온다.

위의 세 사람 모두 세상 사람들이 걸었던 쉽고 보편적인 길을 걷지 않고 자신만의 길을 걸은 사람들이다.

입시철이다. 고등학생의 자녀를 둔 부모들은 자녀들의 적성을 생각하지 않은 채 직장을 얻기 쉬우며 먹고살 만한 학과를 지원하게 한다. 문과보다는 이공계를 선택하며 이공계보다는 의대를 선호하고 있다. 과거에도 그런 경향이 있었지만 직장을 구하기 힘들고 직업 자체가 많이 없어진 요즘처럼 심하지는 않았다. 앞으로 디지털화되고 자동화되는 미래에는 만인에 대한 만인의 투쟁이 갈수록 심화될 것이다.

돌아다니기 좋아하고 자유분방한 내가 원하지 않는 의대에 입학해서 겨우겨우 졸업을 하고, 수련을 받고, 개업을 했다. 개업 첫해에는 의자에 앉아 하루 종일 없는 환자를 기다리는 것이 너무 힘들어 교육 대학에 다시 입학할 생각까지 했다. 초등학교 선생님은 방학도 있고 개업의보다는 자유가 있을 것 같아서였다.

끊임없는 자유와 해방에 대한 갈구가 있었지만 아버지와 남편이라는 무거운 책임감으로 지금까지 30년의 세월을 이렇게 보내고 있다. 은퇴를 앞둔 지금에 와서 생각하면 먹고사는 일 외에는 특별히 한 것이 없는 것 같다. 먹고사는 일이 중요한 일이기는 하지만 내 안에는 아직 용해되지 못한 응고된 침전물이 있다.

새해 첫날 새벽, 북한산에 올랐다. 많은 사람들이 등산로를 따라 올라간다. 나는 입산 금지라고 쓰인, 사람들이 없는 갓길로 들어갔다. 소로가 들어간 깊은 숲 속은 아니었지만 잠시나마 군중들에서 멀리 떨어져 자연과 나만의 대면 시간을 가지고 싶었다.

잔설을 바라보며 생각에 잠겨있을 때 "여기 계시면 안 돼요!" 하는 산림 직원의 호통을 듣고 큰길로 돌아와 터벅터벅 다시 군중 속으로 들어갔다.

인생 역전

과거 고등학교 야구가 인기 있을 적에 군산 상고는 역전의 팀이라는 별명을 가지고 있었다. 9회 말 2 아웃까지 지고 있다가 역전을 몇 번 하면서 붙여진 이름이다.

끝까지 포기하지 않고 이길 수 있다는 생각을 가질 때 역전이 가능하다. 올해 프로 야구팀 중에서 넥센을 보노라면 그런 생각을 갖게 된다.

지난해 뛰던 선수 중 박병호가 미국 메이저 리그로 갔고, 마무리 투수 손승락이 롯데로 옮겼으며, 벤 헤켄이 일본으로 갔고, 주축 타자인 유한준은 KT로 이적했다. 그리고 주전 투수인 조상우와 한현희 등이 부상으로 이탈했다.

모든 전문가들이 올해 최하위 팀으로 넥센을 꼽는 데 주저하지 않았다. 하지만 지금까지 넥센을 보면 팀이 하나로 뭉쳐 끝까지 포기하지 않는 경기를 하면서 좋은 성적을 내고 있다.

끊임없이 신인들에게 희망을 주며 육성한다. 투수 신재영과 박주현, 타자 고종욱은 다른 팀에 있었더라면 지금처럼 두각을 나타내지 못했을 것이다. 연봉 3,000만 원의 선수가 연봉

10억대 선수보다 잘하고 있다.

'만년 꼴찌 후보'로 꼽히던 레스터 시티가 창단 132년 만에 세계 최고의 프로 축구 리그로 꼽히는 잉글랜드 프리미어리그(EPL)에서 첫 우승을 차지했다. 영국 중부 인구 30만의 소도시 레스터를 연고로 한 '흙수저 클럽'의 기적 같은 성공 스토리에 전 세계 축구 팬이 흥분하고 있다.

레스터 시티 주전 11명의 몸값은 슈퍼스타 한 명 몸값에도 못 미친다. 실제로 레스터 시티가 올 시즌 주전 라인업 11명을 데려오는 데 쓴 이적료는 약 420억 원으로 토트넘이 손흥민을 데려오기 위해 독일 레버쿠젠에 지급한 이적료(400억 원)와 비슷하다. 또 스페인 리그에서 뛰는 호날두(레알 마드리드)의 이적료(1,300억 원)와 비교하면 3분의 1에도 못 미친다. 선수단 전체 연봉은 800억 원에도 미치지 못해 연봉으로 4,000억 원을 지급하는 '부자 구단' 첼시의 5분의 1 정도다.

프로 야구 선수 중에 '서건창'이라는 선수가 있다. 야구를 좋아하는 사람이라면 다 아는 사실이지만 2008년 신인 드래프트에서 선택받지 못한 선수였다. 연습생으로 들어갔으나 이듬해에 이마저도 퇴출되고, 경찰청 야구단에 들어가려 했지만 자리가 없어 소총 부대에서 군 복무를 하게 된다. (나도 늦은 나이에 입영 열차를 탄 적이 있지만 그 절망감은 경험한 사람만이 알 수 있다.) 제대 후에 다시 연습생으로 넥센 야구단에 들어가 최선을 다한다. 코치와 감독 눈에 들어 시합에 나가면서 프로 야구사에 200 안타라는 새로운 기록을 세웠다.

포기하지 않고 스스로 '나는 잘할 수 있다.'라는 믿음으로 자신과 어머니, 여동생을 위해 달리고 또 달렸다고 한다. 군부대에서도 언젠가 최고의 선수가 될 것이며, 되어야 한다는 믿음과 꿈을 가지고 소총으로 이미지 스윙을 반복했다고 한다.

10년 전 병원에 20세 청년이 정관 수술을 받고자 방문한 적이 있다. 당시 결혼하지 않고 정관 수술을 받는 비혼(非婚)주의 청년들이 많아 그런 환자인 줄 알았다. (독신주의와 달리 비혼주의는 결혼하지 않되 성관계는 마음대로 하며 임신 등 책임지는 일은 하지 않겠다는 사람을 말한다.) 그런데 이 청년은 결혼을 하여 자녀를 2명이나 둔 아버지였다.

중학교를 졸업하고 여자 친구가 임신을 했다. 양쪽 집안에서는 헤어지고 낙태를 한 후 미래를 위해 학업을 계속하기를 원했다. 이들은 부모의 말을 거부하고 생명과 사랑을 택했다. 가출하여 주유소 등에서 아르바이트를 하면서 아이를 낳고 키웠다. 어린 나이에 아버지와 엄마가 된 것이다. 그리고 또 임신을 하게 되어 자녀를 2명만 낳기로 하고 정관 수술을 받으러 온 것이었다.

수술하면서 눈을 감고 있는 20살 환자의 모습을 바라보았다. 침착하고 평안하며 의지가 굳은 모습이었다.

"아이가 크는 게 신기해요. 태어날 아이와 큰애를 위해서 열심히 일해야지요. 아이를 잘 키우는 일이 내 인생에서 가장 큰 일이지요."

묻지도 않았는데 그는 말했다.

택배 일을 하는데 한 달에 170만 원 정도 번다고 했다. 대기실에서 기다리는 20살의 아내는 무엇이 좋은지 계속 싱글벙글이었다.

그리고 그는 10년 만에 아들에게 피부염이 생겨 병원에 들렀다. 요즘 30살이면 결혼도 아직 하지 않은 사람들이 대부분인데 그는 두 초등학생의 학부형이 되어 있었다. 그동안 택배 회사를 차렸고, 돈도 많이 벌었고, 고등학교 검정고시도 합격하여 사이버 대학에 다니면서 일하고 있다고 했다.

인생 역전이라는 느낌 대신 위대한 스승을 만난 느낌이 들었다. 큰 산이 앞에 있는 것 같았다. 생명을 지우고 사랑도 포기한 뒤 학업을 계속하라는 부모의 편리한 생각대로 하지 않고 자신들의 고통을 감내하며 끝까지 사랑과 생명을 포기하지 않는 인생 영웅을 만나고 있는 느낌이었다.

10년 전에 45세의 남자 환자가 내원했었다. 얼굴에는 그동안 험하게 살아왔다고 쓰여 있었다. 말하는 것과 행동하는 것도 그랬다.

"내 ○○이 썩어 가고 있는데 잘해 줄 수 있소?"

20년 전에 성기에 바셀린을 집어넣었던 것이 문제였다. 30년 이상을 도박판에서 돈놀이를 한, 일명 '꽁지'라는 직업을 가지고 교도소를 제집 드나들듯이 살아온 사람이었다. 돈을 갚지 않으면 사람들을 보내서 받아 오고, 술과 여자로 인생이 찌들 대로 찌든 사람이었다. 성기만이 아니라 마음도 인생도 썩어 가고 있는 사람이었다. 수술하고 치료하는 과정에서 지나가는 말로 인생의 후반전을 새롭게 살 것을 권유했던 것 같다.

그랬던 그가 최근 지나가는 길에 들렀다면서 병원에 왔다. 얼굴에는 어둠 대신 빛이 있었고, 기쁨과 평화와 겸손이 느껴졌다. 90도로 깍듯이 인사하며 '꽁지' 일을 청산하고 쓰레기 치우는 사업을 하고 있다고 한다.

그는 일어나면서 자신이 좋아하는 말씀이라면서 '그런즉 누구든지 그리스도 안에 있으면 새로운 피조물이라. 이전 것은 지나갔으니 새것이 되었도다(고후 5:17).'와 '너희는 이 세대를 본받지 말고 오직 마음을 새롭게 함으로 변화를 받아 하나님의 선하시고 기뻐하시는 온전하신 뜻이 무엇인지 분별하라(롬 12:2).'를 암송했다.

얼굴에 빛이 있는 이유를 알게 되었다. 빛으로, 말씀으로 오신 예수님을 만났고 그 말씀을 붙잡고 사는 사람으로 변한 것이다.

아주 옛날 생각이 난다. 지금 와서 생각해 보면 초등학교와 중학교 시절 나는 무던히도 문제아였던 것 같다.

초등학교 4학년 때 전학을 가기 전 담임선생님이 하신 말씀이 기억난다.

"너를 안 보게 되니 이제 살 것 같다."

꼴통이고 문제아라는 꼬리표는 중학교까지 계속되었다. 생활 지도부에 끌려가서 매 맞고 정학을 받기 일쑤였다. 주위 선생님이나 아이들, 심지어 집에서까지 나는 희망이 없는 두통거리일 뿐이었다.

인생 역전이란 자신의 부족함과 연약함을 인정하고 인생이 끝나는 9회 말까지 포기하지 않으며 끝까지 변화를 받으려 애쓰는 과정이 아닐까 생각한다. 그런 의미에서 나도 어느 정도는 역전의 용사라고 위로해 본다.

　4월이다. 겨울을 앙상한 가지로 버텨 내던 나무들이 아름다운 꽃과 잎들로 살아났다.

　우리나라는, 우리들의 가정은 지금 혹독한 겨울을 보내고 있다. 이 땅의 청년들도 마찬가지다. 나무들이 봄을 꿈꾸며 초라하고 힘든 고독의 겨울을 견디듯이 우리도 내일을 꿈꾸며 버텨야 한다. 역전의 명수이신 예수님께서, 십자가로 승리하신 나의 주님께서 이기게 하실 것이라는 생각이 우리 마음에 있어야 세상을 이길 수 있다.

　'모든 것을 참으며 모든 것을 믿으며 모든 것을 바라며 모든 것을 견디느니라.'

인생

한 자리에서 30년을 있다 보니 수많은 인생들을 만난다.

부모님이 모두 도망가서 할머니와 사는 아이, 비전향 장기수로 28년을 감옥에 있었던 80세 노인, 복권에 당첨된 후 도박으로 가정이 붕괴된 50대 남자, 식민지 시대에 임시 정부에 독립 자금을 전달하던 95세의 할아버지.

환자가 많지 않아 대화 시간이 아무래도 길어진다. 현재와 과거를 묻다 보면 지난 일들이 술술 나오기 시작한다.

요즘은 까다로운 50세의 남자 환자가 내원한다. 의료 보호 환자로 병원이나 약국에 지불하는 돈도 거의 없지만 집에서 필요한 상비약을 적어서 가지고 온다. 자신뿐만 아니라 이웃에게 필요한 약을 적어 오는 경우도 있다. 원하는 검사도 이것저것 요구한다. 항상 인상을 쓰며 다닌다.

"요즘 어떻게 사세요?"

어떤 인생인지가 알고 싶어서 말을 걸었다. 34세에 발병한 관절염 때문에 아무 일도 하지 못한다고 했다. 무거운 것을 들지 못하기 때문에 노동이나 택배 일도 못하고, 빨리 걷지 못하기 때문에 대리 운전도 못한다고 한다. 군대 간 아들과 고등학교에 다니는 딸이 있으며, 아내는 유방암으로 10년 전에 죽었다고 했다.

"유방암이 있었는데 내가 힘들어 하니 자기 병을 숨기고, 병원에도 가지 못하고, 나중에는 몸이 다 썩어 죽데요."

아무 감정도 없이 하는 말을 듣고 까다로운(몸이 아프고 돈이 없어 더 까다로웠을) 남편 옆에서 자신이 아프다는 말도 못 하고 죽어 간 불쌍한 여인의 고통을 생각하며 가슴이 먹먹해졌다.

모두 휴가를 떠났는지 병원이 한가했다. 장예모 감독이 만든 영화 '인생'을 보았다. 장예모 감독은 나와 동갑이다. 같은 시대를 살았고 같은 세계사를 경험한 사람이다.

1940년대에서 1960년대 중국 격변기의 한 가정을 그리고 있다. 도박으로 지주에서 빈민으로 몰락한 뒤 혁명으로 생명을 건지게 되고, 내전이 일어나 자신의 의지와 관계없이 전쟁에 나가며 문화 혁명으로 딸이 죽음에 이르게 되는 과정을 장예모 특유의 영감과 끈질김으로 보여 준다.

이념과 상관없이 살아가는 가정과 이념, 역사 속에서 무력해진 개인을 말하는 것 같기도 하고 어떠한 상황에서도 자녀들을 키우고 살려야 한다는 부모의 이야기를 하는 것 같기도 하다. 중국판 국제 시장이라고 할까?

오늘이 형수님의 71번째 생일이다. 결혼한 지 45년이 되었다. 형님은 35년째 척수 장애로 휠체어를 타고 방광에 카테터(소변을 배출하기 위해 사용되는 고무 호스)를 하고 있는 장애인이다.

시력도 좋지 않고, 눈썹이 안쪽으로 자라 일주일에 한 번 뽑아 주지 않으면 눈이 충혈된다. 결혼 전에는 내가 뽑아 주었고 결혼 후에는 형수님이 뽑아 준다. 운동도 시키고 목욕도 시켜 주어야 한다.

형은 중학교 때 척추 결핵으로 하반신 마비가 되어 7년을 누워 있다가 일어섰다. 그렇게 20여 년을 걸어 다니다가 서서히 힘이 빠져 1980년 이후에는 다시 걷지 못하게 되었다.

형수님의 도움과 본인의 불굴의 의지로 형은 공무원 정년퇴직을 했다. 조카 둘도 잘 키웠다. 어려운 환경 속에서 큰애는 서울대 경제학과를 나와 시카고 대학에서 경영학 석사 후 국내 회사에서 열심히 일하고 있고, 작은애는 교육학 박사로 성실히 살고 있다. 모두 건강한 가정을 이루었다.

요즘 나이 들어 몸이 점점 약해지는 모습을 보면 안타깝지만 최선을 다해 살았다는 안도감을 두 사람에게서 느낄 수 있다. 평생 힘들지만 아름답게 살아온 인생을 가까이서 바라보고 있다.

사람의 인생은 개별적이지만 보편적이기도 하다. 의지와 관계없이 태어나고, 늙고, 병들고, 죽는다. 각자의 삶도 시대의 큰 틀 안에서 벌어진다.

수필가 김진섭은 1930년대와 1940년대에 쓴 글들에서 '인생은 우리가 생각하고 있는 그것같이 되는 듯 보이면서도 그 결말에 이르고 보면 전혀 다른 괴물이 우리를 놀라게 하는 요술사 이외의 아무것도 아닌 것'이라고 하였다. 우리 의지와 인생은 다른 것이다.

인생은 끊임없는 선택이고, 개별적인 것 같지만 크게 보면 보편적이다. 아무리 부정한 방법을 동원해서 돈을 많이 번 검사도, 정치적 모함을 해 가며 사는 정치인도, 모두 죽는다는 것이 보편적 진리다. 자신의 인생과 자녀들의 인생만을 특별하게 만들려 할 때 불행은 잉태된다. 주어진 환경에서 감사하며 최선을 다하다 보면 최선의 인생을 이루게 된다고 믿는다.

뜨거운 여름이다. 개나리가 피기 시작한 지가 어제 같은데 꽃은 지고 초록의 여름이다. 지구 마지막 날까지 계절의 흐름은 바꾸지 못할 것이다. 봄의 따듯한 태양은 꽃을 피우고, 여름의 강렬한 태양은 열매를 맺게 해 주고, 가을의 시원한 날씨는 씨를 갖게 해 준다.

최근 한 달 사이 몸무게가 특별한 이유 없이 5㎏ 정도 줄었다. 암이라면 이미 전이가 된 상태일 것이다. 불길한 예감이 들었지만 이내 안정을 찾았다.

본래 내 존재가 없었던 것이 아닌가? 잠시 세상에 내 의지와 상관없이 왔다가 없었던 것으로 돌아가는데 무엇이 문제인가? 수많은 인간들이 태어났다 돌아가지 않았나? 마치 춘하추동의 계절이 반복되는 것과 같은 것 아닌가? 지금까지 주어진 상황 속에서 그런 대로 잘 살아왔는데 무엇을 더 바라겠는가? 수술을 해서 몇 년을 더 살면 무슨 의미가 있으며 항암제로 연명하면 무엇 하겠는가?

세상에 던져진 지 66년이 된다. 그동안 세상에서 해야 할 일들(밥 먹고, 학교 다니고, 돈 벌고, 애들 밥 먹이고, 학교 보내고, 결혼시키는 일 등)을 하며 보냈다. 세상에 던져지면 누구나 해야 하는 일이다. 인생은 보편적이다.

검사를 받아 볼 생각은 않고 아무 생각 없이 먹고 싶은 것을 마음대로 먹고, 자고 싶은 대로 자고, 운동을 하며 보냈다. 체중이 다시 붙으면 좋지만 계속 줄어서 말기 암으로 죽어도 좋다는 생각이었다. 다행인지 체중은 회복되었지만 병원에는 아직 가지 않았다.

이번 일로 큰 진리를 깨달은 것 같다. 존재하는 모든 것은 아무 의미가 없다는 것이다. 욕망에 붙잡혀 허우적거리는 것이 가장 비참한 인생이란 것을 깨달았다.

'헛되고 헛되며 헛되고 헛되니 모든 것이 헛되도다. 한 세대는 가고 한 세대는 오되 땅은 영원히 있도다. 해는 떴다가 지며 그 떴던 곳으로 빨리 돌아가고 바람은 남으로 불다가 북으로 돌이키며 이리 돌며 저리 돌아 불던 곳으로 돌아가고 모든 강물이 다 바다로 흐르되 바다를 채우지 못한다.'

그런즉 즐겁게 먹고 마시고 자는 것도 해 아래서 우리에게 준 선물이니라.

반석 위에 지은 집

"군의 방위 산업 비리가 고구마 줄기처럼 끝없이 이어지고 있습니다. 무엇보다 전직 군 고위 장성들이 연루됐다는 점에서 충격을 주고 있습니다. 최근 전 해군 참모 총장은 전격 체포됐습니다. 전 해군 소장은 투신자살 후 시신으로 발견됐습니다."

위는 오늘 방송 보도 내용이다.

이런 신문 기사도 있다.

"대다수 한국 선수가 학교에서 축구를 배우며 이기는 법은 배웠지만 축구를 어떻게 해야 하는지는 배우지 못했다. 선수들에게 승리하는 법보다 축구하는 법을 먼저 가르쳐야 한다."

지난 31일 호주 시드니에서 열린 2015 AFC(아시아 축구 연맹) 아시안컵 결승전에서 개최국 호주에 1대 2로 아쉽게 진 후 슈틸리케 대표팀 감독이 한 말이다.

브라질 월드컵에서는 예선부터 수비진이 무너지면서 힘조차 써 보지 못하고 참패하고 말았지만 이번에는 한 점도 주지 않고 결승에 올랐다. 물론 월드컵에 나온 팀과 아시안컵에 나온 팀에는 실력 차가 있다지만 월드컵에서 알제리에게 네 골을 먹은 것은 분명 문제가 있는 것이다. 알제리는 호주나 일본 등과 경기력에 큰 차이가 없는 팀이다. (수비를 충실히 해서 한 골만 먹었어도 승리할 수 있는 경기였다.)

스페인 프로 축구 명가 레알 마드리드의 '레전드 수비수'로 활약한 슈틸리케 감독은 부임하면서 누구보다 수비 축구를 강조했다. 수비를 강조하는 이유에 대해 그는 "집을 지을 때 지붕을 먼저 올리지 않고 기초를 먼저 닦는다."고 했다.

작년 우리나라 농구가 12년 만에 아시안 게임에서 이란을 누르고 우승했다. 결승전답게 치열한 승부였다.

관건은 이란 선수 중 미국 프로 농구(NBA)에서 활약하고 있는 '하다디(2m 17㎝)'를 어떻게 막는가 하는 것이었다. 이에 대해 유재학 감독은 철저한 수비를 강조했다. 그렇게 하다디 선수를 무력화시키고 우승할 수 있었다.

유재학 감독은 자기가 맡고 있는 프로 농구팀 '모비스'에서도 수비를 강조한다. 수비 없는 승리는 없다고 단언하며 공격이 아무리 탁월해도 수비하지 않는 선수는 용납하지 않고 기용하지 않는다.

미국 프로 농구에는 '공격을 잘하는 팀은 승리할 수 있지만 수비를 잘하는 팀은 우승을 차지한다.'는 말이 있다. 이 말은 공격 농구를 하면 한두 경기는 이길 수 있지만 우승하기는 힘들다는 말이다. 당장은 이익을 볼 수 있지만 마지막 승자는 되지 못한다는 말이기도 하다.

"집을 지을 때 지붕을 먼저 올리지 않고 기초를 먼저 닦는 다."라는 슈틸리케 감독의 말과 "수비 농구가 결국은 승리한 다."라는 말은 우리나라 모든 사람들이 마음에 새겨야 하는 진리다.

눈앞에 당면한 문제만 보고 장기적인 계획을 세우지 못하는 정부나 정치인 때문에 우리나라는 정치, 경제, 사회·문화 등 모든 면에서 기초가 튼튼하지 못하다. 와우 아파트와 성수 대교가 무너졌다. 대왕 코너 화재, 의정부 화재, 세월호 등 결탁과 비리로 부실하게 지은 건물들 및 안전 불감증은 많은 생명을 앗아 갔다. 또 수출만이 살 길이라며 대기업 중심의 공격적 경제 정책으로 분배나 도덕적 여러 문제를 야기하고 있다.

정치인들은 재정 적자가 보이는데도 표를 의식해 무상 복지를 외치고, 연금의 바닥이 보이는데도 국가의 미래와 후손들을 생각하지 못한 채 침묵하고 있다. 이러한 정부의 돌려 막기식 정책은 마치 기초 없이 지붕을 올리려는 것, 즉 수비 없는 공격 일변도의 시합과 같아서 한두 경기는 이길지 몰라도 결과는 비극이다.

국민 소득 5,000불이면 행복할 줄 알았다. 만 불이면, 2만 불이면 행복할 줄 알았다. 지금은 4만 불을 이야기하고 있다. 절대 그렇지 않다. 가정도 마찬가지다.

병원 환자 중에 큰 건물 열 채를 가지고 있는 부자가 있다. 70세가 넘고 파킨슨을 앓아 잘 걷지도 못하면서 돈에 대한 집착은 가히 병적이다. 아무 계획 없이 눈에 보이는 세상의 정욕으로 주위의 많은 사람을 힘들게 하며 평생을 살아왔다. 몸도, 마음도, 영혼도 병들어 있다. 그는 늘 경계하고 불안해하며 잠을 자지 못한다. 미국에 유학한 아들은 일보다 유산에 관심이 더 많다.

반면 병원 개업 초기부터 인테리어를 해 준 목수가 있다. 우리 병원 환자이기도 한데 지금까지 8번이나 이곳저곳 병원을 고쳐 주었다. 그리고 소소한 수도나 전기 고장도 수리해 준 고마운 분이다. 내가 사는 아파트도 여러 번 손을 봐주었다. 개업하고 있는 후배에게 소개한 적도 있다. 깔끔하게 해 줘 고맙다고 100만 원을 더 드렸더니 끝내 사양했다고 한다. 그는 늘 밝고 평안하다. 자녀들도 아버지의 안분지족의 삶을 닮아 항상 긍정적이고 열심히 산다. 사는 방법을 잘 배우고 수비가 잘 된 사람이다.

병원 입구에는 '여기에 오시는 모든 분께 자유와 평강이 있기를 기도합니다.'라는 말이 붙어 있다.

모든 선생님의 하루하루가 상황에 관계없이 기쁨과 평강이 넘치는 삶이 되기를 빕니다.

소망

　오늘 저녁 대전에 있는 대학에 '결혼관'에 대한 강의를 하러 가기 때문에 4시까지만 진료한다. 결혼 전의 청년들에게 올바른 교제 방법과 남녀의 생리적 차이, 부모로부터의 정서적·경제적 독립, 결혼 초기 주의할 점들을 중점적으로 강의할 예정이다. '부부의 성'이나 '결혼관'에 대한 강의 요청이 들어오면 (개업을 하는 필자로서는 병원을 비워야 하는 어려움이 따르지만) 소명이라 생각하고 달려간다.

　가정의 건강이 사회의 건강을 좌우한다고 확신하는 나는 아무 생각 없이 세상의 성 문화를 따라 살고 있는 청년들에게 앞으로 건강하고 즐거운 가정을 이루기 위해서 필요한 지식을 말해 준다. 또 부부들에게는 어떻게 하면 재미있고 즐거운 성생활을 할 수 있는가에 대한 답을 제시해 준다.

　5년 전, 환자도 줄고 수입도 줄어 계속 병원을 운영하기가 힘들어 한동안 난감했었다. 탈출구가 없을까 이리저리 궁리해 보았지만 실망스럽게도 그 어떠한 실마리도 보이지 않았다. 그래서 비가 오거나 해서 환자가 없을 때면 영화 진흥 공사에

1편에 500원을 내고 인터넷으로 영화를 보곤 했다.

영화 '오발탄'을 본 것이 그즈음이었다. 주인공의 어머니가 알 듯 모를 듯 안개와 같이 흐릿한 말을 반복하는 장면이 지금도 생생하다.

"가자, 가자."

6·25 전쟁 후 방향 감각을 잃어 암울했던 그 시대를 암시하는 외침이었는데 그 당시에는 탈출구가 보이지 않는 나의 외침이 아니었나 싶다.

한동안 고민 끝에 남은 인생을 '성(性)'에 대한 상담과 그에 대한 글, 강의로 의미 있게 보내야겠다는 생각에서 방향을 잡았다. 급히 홈페이지를 만들고 '청년의 성'과 '부부의 성', '황혼의 성'에 대한 글을 쓰기 시작하였고 간간히 올라오는 상담에 답을 해 주었다.

'성'은 비뇨기과 의사로서 어느 정도 기초가 되어 있어 계속 공부하면 문제가 없다고 생각되었지만 글쓰기는 고등학교 다닐 때 교지에 기행문을 쓴 것과 의과 대학 시절 교지에 수필 한 편을 쓴 것이 고작이었다. 습작은 물론 글쓰기도 생각해 본 적이 없었다. 강의도 그렇다. 다양한 사람 앞에서 아는 지식을 감동 있게 전달하는 것이 얼마나 어려운 것인가를 깨닫는 요즘이다.

그러나 5년 전 소망을 가지고 시작한 일이 하나둘씩 이루어지고 있는 것을 보니 신기하기도 하고 놀랍기도 하다. 성에 대한 상담은 인터넷이나 전화 또는 직접 방문하는 환자를 상대로 성의껏 하고 있다. 우연한 기회에 시작하게 된 강의는 (지금은 감동이 있고 듣는 사람들의 삶을 변화시키는 강의가 되지 못하는 점이 아쉽지만) 점점 초청하는 곳도 늘고 있어 자주 하다 보면 나아지리라 생각된다.

홈페이지에 '성'에 대한 글을 쓰기는 했지만 많은 사람들이 읽는 지상에 글을 쓴다는 것은 상상하지도 않았다. 우연한 기회에 '의사 신문'에 글을 쓰기 시작한 게 햇수로 3년이 되었고 이제 만 2년이 지나간다. 한두 편 쓰고 그만둘 요량으로 끼적거렸던 것이 지금까지 이어지고 있다. 참으로 신기한 일이다.

글 쓰는 것이 직업이 아닌 나로서는 자투리 시간을 내어 글을 쓴다는 것이 쉽지 않다. 글을 쓴다는 것은 밥을 먹거나 공기를 마시듯 그렇게 가볍게 되는 것이 아닌 것 같다.

오늘도 빨리 글을 보내 달라는 편집자의 독촉을 받고는 새벽에 일어나서 책상 앞에 주섬주섬 앉아 있다. '진료실 주변'이라는 한정된 주제를 가지고 글쓰기가 쉽지 않다. 소질이 없는 나로서는 힘든 일이지만 많은 선생님들이 편지와 전화, 문자와 메일 등으로 격려를 해 주어 큰 힘이 되고 있다.

이렇듯 5년 전에 마음에 품고 시작한 것들(상담, 강의, 글쓰기)이 이루어져 가고 있는 것을 볼 때 놀란다. 우연이라고 생각되는 것들은 결단코 우연만이 아니다. 소망을 가지고 그것을 위하여 애쓰는 사람들에게 반드시 일어나는 필연이라 생각된다.

희망은 본래 있다고도 할 수 없고 없다고도 할 수 없다. 그것은 마치 땅위의 길과 같은 것이다.

- 루쉰의『고향』

그렇다. 희망은 처음부터 있는 것은 아니다. 아무것도 없는 곳에서도 희망은 생겨난다. 희망은 희망을 갖는 사람에게만 존재한다. 희망을 믿는 사람에게는 희망이 있고, 희망 같은 것은 없다고 생각하는 사람에게는 실제로 희망이 존재하지 않는다.

믿음은 바라는 것들의 실체가 되고 보이지 않는 것들의 증거가 된다. 꿈은 이루어진다. 우리 자신에게나 자녀들에게나 꿈과 소망을 심어 주고, 격려하고, 위로하고, 애쓰며 시작하는 것이 꿈을 이루는 비결이다.

히딩크 감독은 월드컵 전 여러 번의 경기에서 큰 점수 차로 패배했을 때도 선수들에게 희망을 심어 주었다. 끝까지 포기하지 않고 선수들에게 소망과 꿈을 갖게 했다.

선배 의사 한 분이 자살을 했다. 자살할 수밖에 없었던 그분의 고통을 나는 모른다. 그렇지만 어떠한 상황이라도 힘들어하고 인생을 포기할 것이 아니라 가족 구성원 서로 위로하고 격려하며 한 그루의 사과나무를 심어 열매를 소망해야 할 것이다.

요즘 경제가 힘들다. 하늘은 가을로 가득 차 있는데 사람들의 표정은 이미 겨울이다. 그러나 겨울이 가면 봄이 오듯이 어둠이 가면 새벽이 올 것이고 폭풍이 지나가면 정결함과 고요가 깃들 것이다. 파도가 출렁이지만 깊은 바다 대부분의 물은 고요하다.

　'바람과 함께 사라지다'에서 스칼렛 오하라는 주먹을 불끈 쥔 채 희망을 결단하며 이렇게 외친다.

　"내일은 내일의 태양이 다시 떠오를 테니."

4. 진료실에서

아름다운 이야기

오래전 일이다. 그날도 이번 여름처럼 몹시 무더운 오후였다.

진료를 마친 후 퇴근 준비를 하는 참이었는데 남루한 옷차림에 지친 모습을 한 중년의 여인이 왕진을 청하였다. 이곳에 오기 전 몇 군데 병원에서 거절을 당했다고 말하는 여인의 눈에는 간절함이 있었다. 목소리도 애원에 가까워 나는 저녁 약속이 있었지만 여인을 따라갔다.

도시의 개업의로서, 특히 비뇨기과 의사로서 왕진은 흔한 일은 아니고 그런 적도 없었다. 몸이 아프면 가까운 병원에 방문하면 되고, 움직일 수 없으면 119를 부르면 되기 때문에 왕진이란 단어는 쓰지 않은 지 오래다.

옛날 영화에서 본 왕진 가방은 없었지만 환자 상태를 물어본 후 필요한 것을 가방에 챙겨 책에서만 읽었던 왕진을 나섰다.

택시에서 내려 좁은 골목길을 돌고 돌아 다 쓰러져 가는 집을 향해 갔다. 아직도 내가 유년기를 보냈던 미아리 산동네처럼 가난한 사람들이 사는 곳이 있다는 데 놀랐다.

나는 먹지 못하고 고생한 옛날 기억을 잊고 살아왔다. 애써 잊어버리고자 한 건지도 모르겠다. 가난하게 산 것이 자랑도 아니었고 수치스러운 장면들이 떠오르는 것이 싫었다.

어렸을 때 나는 병원에 간 적이 없었다. 지금은 보험이 되어 부담 없이 방문하지만 먹을 것이 없던 시대에는 병원에 갈 돈으로 먹을 것을 준비하는 것이 순서였다. 그래서 치아가 아프면 그 당시 유명한 '치통수'로 통증을 참았다. 너무 아파 치과 의사가 아닌 치과에서 조수로 있던 돌팔이 의사에게 치료를 받은 적은 있다.

왕진을 하면서 가난한 시절을 생각하며 좁은 골목을 걸었다.

도착하니 말기 암으로 대학 병원에 입원하였으나 더 이상 할 수 있는 것이 없어 퇴원한 중년의 남자가 피골이 상접한 상태로 두려움과 염려의 눈을 하고서 나를 맞았다. 소변을 보지 못하여 요도 카테터를 한 상태로 퇴원하였는데 그것이 막혀 소변을 보지 못한 탓에 방광이 차고 힘들어서 의사를 부른 것이었다.

카테터를 갈아 주었다. 하지만 암이 전신에 퍼져 있었고 욕창도 심했다. 살아 있었지만 내가 볼 때 환자의 남은 삶은 얼마 남지 않아 보였다.

아내는 그런 남편을 깊은 애정과 사랑의 눈길로 바라보며 위로하고 있었다. 카테터가 막혀 힘들어할 때 이 병원 저 병원 정신없이 다니며 애원을 하다시피 왕진을 청한 것도 남편의 고통을 덜어 주고자 하는 간절한 마음이었다.

성격이 맞지 않거나 경제적인 이유로 이혼과 별거, 가출이나 정서적 이혼 상태가 한 집 건너 있는 요즘 마음 깊숙한 곳에서 울려오는 감동이 있었다.

그냥 나오기가 아쉬워 같이 많은 이야기를 나눈 것 같은데 모두 기억나지는 않는다. 하지만 "보이는 세상은 잠깐입니다. 보이지 않지만 실재하는 세상이 있는데 그곳에는 고통과 눈물이 없습니다. 어떠한 상황에서도 소망의 끈을 놓지 말아야 합니다."라는 말을 할 때 환자와 아내의 눈이 순간 반짝 빛났다. 두려움과 절망의 표정이 사라진 듯 보였다. (그 후 아내는 한사코 사양하는 나에게 봉투를 주머니에 넣어 주었는데 어려운 형편에 적지 않은 돈이었다.)

돌아오는 차 속에서 여러 가지 생각이 스쳐 지나갔다. 그 환자분은 행복한 사람이란 생각이었다. 이혼과 불륜, 미움이 가득한 세상에서 마지막까지 자신을 사랑하는 아내가 옆을 지키고 있는 것만으로도 행복한 남자가 아닌가.

가난 속에서 말기 암으로 죽어 가는 남편에게 자기가 할 수 있는 모든 것을 헌신하며 간호하는 아내. 마지막까지 자신의 모든 것으로 배우자를 사랑하는 것을 보고 그 아름다움에 가슴에 저려 왔다. 이제는 사라져 버린 고향의 나무와 개울, 바람과 별들이 지나갔다.

차는 산동네를 빠져나와 시내로 들어섰고 거리는 다시 네온의 불빛과 사람들의 분주함으로 가득해졌다. 갑자기 다른 세상에 온 느낌이 들었고 방금 있었던 애절한 기억이 까마득한 옛일처럼 지나갔다. 반세기 만에 찾았던 가난한 마음과 순수를 바로 잃어버렸다.

"그래. 나는 가난하지도 않고 몸도 건강해. 나는 그곳 사람이 아니었어."

나도 모르게 안도의 한숨을 내쉬며 네온 속으로 빠져들어 갔다.

다음 날 아침 나는 알 수 없는 눈물을 흘렸는데 그 눈물이 내 이기적인 모습에 대한 회개의 눈물이었는지, 다시 세상에 빠져들어 가는 내 연약함 때문이었는지, 이제는 사라진 고향의 그리움 때문이었는지 지금도 알 수가 없다.

새해 아침에

'새해 복 많이 받으세요. 늘 건강하셔서 많은 고통 받고 있는 사람들에게 새 힘을 주십시오.'

병원에 단골로 오시는 할아버지가 보낸 카드에 적혀 있던 글이다.

전립선 비대증으로 한 달에 한 번 약을 타러 오시다가 요즘은 몸이 약해져서 병원에 직접 오시지 못하는, 평소에 별 말씀도 없으신 79세 할아버지께서 카드를 보낼 줄은 몰랐다. 그리고 나는 할아버지의 편지에서 큰 감명과 함께 어떤 도전을 받았다.

아이들은 자립할 정도로 자랐고, 병원 운영은 그리 녹록한 편이 아니다. 그저 하루하루 출퇴근을 반복하며 지내는 것이 어찌나 지루한지, 언제 병원을 그만두고 조용한 시골에 가서 자연과 함께 책이나 보며 남은 인생을 보낼까 궁리하며 지내던 요즘이다.

하지만 79세가 된 할아버지가 보시기에 나는 아직 젊고 할 일이 많다고 생각하신 것 같다. 나를 축복해 주신 것은 고통 받

184 그곳에 가고 싶다

고 힘든 사람에게 희망과 새 힘을 주는 사명을 감당하라는 뜻이기도 하고, 고통 받는 사람들에게 새 힘을 주며 살 수 있으면 이미 복을 받은 것이라는 뜻이기도 하다고 생각한다.

몸이 불편하신 할아버지가 카드를 사서 의사 선생에게 하고 싶은 글을 쓰고 우체국까지 가서 보냈을 것이다. 그래서 이 카드는 더욱 게으름과 목적 없이 사는 나의 영혼을 깨우며 마음을 새롭게 하고 변화를 해야 한다는 음성으로 다가왔다. 할아버지를 통해서 누군가 나에게 "깨어나라, 아직 할 일이 남아 있다."라고 말하는 것 같다.

그 카드를 잘 보이는 곳에 붙여 놓았다. 올해가 다 가도록 매일 보며 할아버지의 뜻을 실천하리라 마음먹는다. 그리고 올해의 마지막 날이 되면 이 카드로 인해 나의 삶이 의미 있게 보내졌음에 감사하리라 생각된다.

올해는 의사로서의 정체성을 회복하고, 나를 필요로 하는 많은 사람들에게 그들의 몸뿐만 아니라 상한 마음까지도 위로해 주는 진정한 의사가 되고 싶다. 그간 먹고살기 바쁘다고 나와 나의 가족만을 생각하며 살았다. 지금도 그렇게 생각하며 사는 내가 부끄럽고, 힘들다고 쉬려고만 했던 나의 생각이 수치스럽다.

그동안 병원에서 치료받았던 많은 사람들에게 용서를 구하고 내 마음에 사랑이 없었음을 고백한다. 할아버지의 카드 한 장으로 나의 존재가 업그레이드된 느낌이 든다.

의사는 세상의 장사꾼이 되어서는 안 된다. 개업하는 작은 공간이 물건을 파는 가게가 아니라 상한 영혼을 살리는 거룩한 장소로 거듭나야 할 것이다. 할아버지가 나에게 당부한 것들을 새해에는 마음과 정성을 다하여 이루어 내야겠다.

여명이 밝아 오고 내 마음에 어두움이 물러가며 생명의 빛이 비친다. 나는 오늘도 나의 게으름과 나의 이기심과 나의 교만함과 나의 더러움과 함께 죽는다. 그 죽은 자리가 사랑과 겸손과 오래 참음으로 채워지길 소망한다.

내 어깨에 나로 인해 지워졌던 무거운 짐이, 큰 멍에가 사라져 가벼워진 느낌이다. 새해에는 새로운 기쁨과 새로운 마음과 새로운 창조가 모든 동료들의 가정에 일어나기를 소망한다.

개업 유감

"작은 구멍가게를 하고 있습니다."

언제부터인가 잘 모르는 사람이 나의 직업을 물어볼 때 대답하는 말이지만 특히 요즘은 그런 느낌이 든다.

처음 의과 대학에 입학했을 때만 하더라도 생명에 대한 생각을 많이 했던 것 같다. 그러나 시간이 갈수록 세상의 풍파에 오염되고, 마음이 늙고 게을러져 생명에 대한 생각을 할 여유가 없어진 것을 느낀다.

개업한 지 30년째지만 처음 개업했을 때나 지금이나 환자수는 그대로다. 오히려 줄어들었다. 30명 이상을 보는 날이 한 달에 열흘을 넘기지 못한다. 젊은 환자들은 거의 없고 전립선 비대증이나 발기 부전을 호소하는 80세 전후의 노인 환자가 대부분이다.

환자가 없다 보니 이들의 이야기를 들어주는 것이 일과다. 방문할 때마다 태평양 전쟁부터 6·25 전쟁 등 자신의 인생을 녹음기처럼 반복한다. 일본 식민지 시대에 독립 운동을 한 것을 자세히 이야기해 주던 할아버지도 계셨고, 어렸을 때 호랑이를 보았고 또 자신의 아버지가 호랑이를 잡은 명포수였다는 것을 자랑하시는 할아버지도 계셨다.

한 30분 정도 이야기한 다음 밖으로 나갔다가 다시 들어오신다. 대기실에 기다리는 환자가 없으니 못 한 말을 더 하겠단다.

나도 책도 보고, 글도 쓰고, 강의도 준비해야 하는데, 돌아가시라는 말은 할 수 없어 짜증이 날 때도 있지만 그런 환자 중에서 천국에 가시는 분들이 계실 때마다 좀 더 들어줄걸 하는 마음이 드는 요즘이다. 나도 나이를 먹고 있나 보다.

이렇게 살다 보니 나이 드신 환자분들에게 인기가 많은데 이것이 문제다. 점심을 같이 하자는 분들도 계시고, 점심시간에 산에 오르자는 분들도 계시다.

일단 산에 올라가려면 천천히 보조를 맞추어야 하는데 그것이 쉽지 않다. 인내가 필요하다. 또 점심을 같이 먹게 되면 굳이 자신들이 점심값을 내겠다고 우긴다. 동네 식당에서 내가 의사인 것을 다 아는데 매번 할아버지가 내는 것을 보는 식당 주인이 노인들을 등쳐 먹는 파렴치한 의사로 보지 않겠는가?

요즘 이렇게 사는 것이 모두 환자가 없는 탓이다. 대기실에 환자가 많은 날은 말을 오래하지 못하고 돌아가신다. 그래서 말을 많이 하고 싶은 노인들은 환자가 없는 늦은 오후 시간에 맞춰 오신다.

아내는 환자가 없으면 병원을 도서관이라 생각하며 책도 보고 왔다 갔다 하라지만 이렇게 쉬지 못하는 말 못할 고민이 있는 것이다.

비가 오나 눈이 오나 출근하여 자리를 지키다가 퇴근하기를 반복했다. 모두들 쉬는 토요일도 어김없이 근무한다. 다리가 골절되어도 깁스를 하고 출근하여 환자가 환자를 본다. 노동절에도 근무했다. 투표일도 근무한다.

직장에 다니는 사람들은 이제는 토요일에는 근무하지 못하겠다고 한다. 일주일에 2번은 쉬어야 살 수가 있단다. "토요일에도 근무하세요?"라는 말 속에는 약간의 동정도 섞여 있는 것같다. (6개월은 에어컨 속에서, 6개월은 난로를 틀어 문을 닫고 일을 한다.)

어제는 원가 20만 원 정도 되는 주사를 맞은 손님이 도망을 쳤다. 주사를 맞은 후 전화를 거는 척 문 밖으로 나가서는 돌아오지 않았다. 가게에 도둑이 든 것이다. 완전히 적자가 난 운수 나쁜 날이다.

"평생을 할 수 있으니 얼마나 좋습니까?"

일찍 퇴직한 사람들이 나에게 하는 말이다. 맞는 말이기는 하지만 요즘 같아서는 악담같이 들린다. 노후를 즐기는 사람들을 보면 부럽다.

"원장님, 새해 복 많이 받으시고 건강하세요. 그래야 우리같이 아픈 사람들이 도움을 받지요."

"선생님을 뵌 지도 30년이 되어 가네요. 건강하세요. 나를 위해서도."

올해 82세인 할아버지와 주고받는 대화다. 오실 때마다 건강에 좋다는 더덕과 도라지 등 산나물을 가져다주시는 분이다. 그리고 가정사를 하나에서 열까지 나와 의논하시는 분이기도 하다.

내가 아무리 나 자신을 장사꾼으로 생각하고 있더라도 환자들은 그렇게 생각하지 않는 것 같다. 자신의 아픈 몸과 마음을 치료해 주었다고 고마운 선생님으로 대우해 준다.

병원이 구멍가게와 다른 점이 있다. 가게는 주인이 손님에게 "고맙습니다. 또 오십시오."라고 말하지만 병원은 환자가 "감사합니다. 고맙습니다." 한다.

나는 개업하면서 장사꾼으로 일했지만 고맙고 감사하다는 말을 수없이 들어 왔다. 그리고 수많은 사람들을 만났고 그들을 통해 삶의 지혜를 배웠다. 목수에게서는 집안 수리하는 것을, 농사짓는 사람에게서는 농사짓는 법을 배웠다. 일제 식민지 시대의 산 역사를 경험하기도 했고, 6·25 전쟁의 참혹함을 알아내기도 했다.

병원은 많은 것을 배우고, 깨닫고, 경험하는 장소이다. 다른 가게와 달리 환자들은 의사들에게 거짓말을 하지 않는다. 자신의 질병을 치료하기 위해 자신의 치부를 드러낸다. 물건 값을 깎듯이 치료비를 깎지 않는다.

의사만 좀 더 솔직해지고 환자 편에 선다면 진료실은 순수하고 고요한 성지가 될 수 있다. 병원을 사람과 교제하고, 그들로부터 지혜를 배우고, 책도 볼 수 있는 도서관처럼 생각하고 출근한다면 스트레스를 덜 받을 수 있지 않을까?

인생을 헛살았다는 생각이 든다. 멀리 보지 못한 채 먹고, 입고, 사는 일에 매달려 장사꾼으로 살아온 느낌이다. 내가 왜 외롭고 두려운 수치심으로 살았는지 조금 알겠다.

공중에 참새가 날아간다. 아무 염려 없는 참새가 부럽다. 아
니, 참새처럼 날고 싶다.

짧은 단상

몹시 더운 오후, 막 퇴근하려는 무렵에 어느 중년 여인으로부터 전화가 걸려 왔다.

"이주성 원장님이시죠?"

개업 초기에 간호사로 근무한 적이 있는 분이었다. 당시 25세의 처녀였는데 일본에서 일시 귀국하여 전화를 걸었단다. 아들은 일본에서 대학에 다니고 있고 자신은 남편과 재미있게 살고 있다고 한다.

1년 정도 근무하다가 결혼한다고 그만둔, 팝송을 좋아하던 아가씨였다. 환자도 없던 개업 초기에 항상 이어폰을 끼고 팝송을 들으며 그 의미를 나에게 설명해 주던 발랄한 아가씨이기도 했다.

시간이 많이 흘렀다. 그동안 여러 명의 간호사가 우리 병원에서 근무했다.

대부분 젊은 여자 간호사는 결혼을 하거나 임신을 하면 그만두었고, 결혼을 한 여자 간호사는 보통 자녀들이 학교에 입학하게 되면 병원을 떠났다. 병원을 사직하고 수녀가 되기도 했고, 신학대학원에 입학을 해서 목회를 하는 친구도 있었고, 음악을 전공해 찬양 사역을 하는 사람도 있었다. 지금은 플루트를 전공해 시향에 연주자로 있으면서 근무하는 간호사도 있다.

모두 독실한 크리스천이었다. 병원에서 주위 의사들과 일 년에 두 번 성경을 통독하고 매주 큐티 모임을 갖기 때문에 믿지 않는 간호사들은 오래 근무하기 힘들어했다.

얼마 전에는 개업 초기 5년 정도 근무한 적이 있는 간호사의 가족이 모두 필리핀에 선교사로 파송되어 갔다. (여기 올 때마다 의약품을 가지고 간다.) 남편이 신학을 해서 필리핀 빈민 지역에 교회를 세워 그들을 돕고 있다. 지난해에는 뎅기열을 세 번이나 앓아 죽을 뻔했으나 할 일이 남아 있어 살아났다고 웃었다.

이렇게 많은 간호사가 근무했지만 그중에서 가장 기억에 남는 사람이 있다.

10년 전, 27살 되는 남자가 병원을 찾아왔다. 한 달 후에 아내가 출산 예정인데 자신이 일하는 병원이 부도가 나서 갑자기 새로운 일자리를 구해야 한다고 했다.

그는 우리 병원에서 가장 힘들고 바쁜 시기를 함께 보냈다. 한 달 후 출산한 아들은 벌써 5학년이 되었고 그 후에 출산한 둘째는 지금 초등학교 1학년이다. 10년 동안 섭섭한 일도 많았을 텐데도 항상 감사하고 기뻐하는 모습은 천사를 보는 것 같았다. (나는 그 친구에게 도시가 싫고 자연으로 돌아가 자유롭게 살고 싶다는 이야기를 자주 했다.)

어느 날 그가 병원을 떠났다. 나중에 편지를 보내 왔는데 내가 기억하지 못하는 것까지 상세히 기록한 10년의 시간들이 마치 영사기를 돌리는 것 같았다. 내가 소질도 없는 자신에게 공부할 수 있는 기회를 주려고 애썼던 일, 눈이 많이 내린 날에 병원 문을 닫고 산에 가서 사진을 찍고 온 일, 일주일에 한 번 모여서 삶을 나눈 일, 환자 때문에 겪었던 어려운 일, 병원에서 강아지를 키우던 일, 병원 식구들과 회식했던 일들을 소상하게 보내 왔다.

먹구름이 몰려오는 몹시 더운 오후다. 비가 세차게 내릴 것 같이 어둠이 가득하다. 한참동안 시원하게 내렸으면 좋겠다.

어린 시절이 생각난다. 도시 빈민으로 산 밑에서만 살아가던 초등학교와 중학교 시절이었다. 캐리라는 이름의 진돗개 한 마리를 키웠는데 그 당시 우울한 나에게 둘도 없는 친구였다. 집에 먹을 것이 없을 때에도 나는 시장에 가서 생선 머리나 내장을 얻어다가 끓여 주었다. 방학 때는 매일 관악산과 삼각산에 캐리와 함께 올라갔다.

어느 날부터 캐리는 피부병이 생겨 털이 다 빠지고 먹는 것도 시원치 않게 되었다. 나는 백과사전을 뒤지고 수의사에게 물어보며 피부병 치료를 위해 최선의 노력을 다했다. 하지만 증상은 좋아지지 않았다.

그러다 갑자기 캐리가 집을 떠났다. 그 볼품없어진 개를 누가 가져갔을 리 없다. 지금도 나는 캐리가 나에게 부담을 주지 않기 위해 집을 나갔다고 생각한다.

남자 간호사도 더 좋은 직장으로 옮긴 것은 아니었다. 병원의 수입이 줄어드는 상태에서 나에게 부담이 되지 않기 위해 떠난 것이라 생각된다. 내가 쉽게 병원을 정리하고 은퇴하는데 걸림돌이 되지 않도록 배려했다고 본다. 나에게 그런 마음이 있는 것을 어떻게 알았을까?

상대방의 마음을 헤아려 주는 가족과 이웃이 있어 나는 행복한 사람이다.

행복한 나라

　28년간 비전향 장기수로 감옥에 있다가 나온 83세의 노인 환자를 만난 적이 있다. 전립선 비대증으로 밤에 자주 일어나고 소변볼 때 힘들어 내원한 환자였다. 순수하고 선량함이 온몸에 가득한 할아버지였다.

　"중국 어디서 살았어요?"

　북한 사투리를 써 처음엔 중국 교포인 줄 알았다. 제1고보(경기 고등학교)와 연희 전문 경제학부를 나온 엘리트로 당시 많은 젊은 지식인들이 그렇듯 반봉건, 반제국주의 의식이 강했고 탈출구로 택했던 것이 사회주의였다.

　해방 후 자진 월북해서 6·25 때 간첩으로 남파되었다. 전쟁이 끝나고 잡혔지만 모진 고문에도 전향하지 않고 이인모와 같은 방을 쓰면서 자신의 이념을 지키려 애썼다. 모든 사람들이 착취 없이 평등하게 나누어 쓰는 이상 국가를 만드는 데 목숨을 바치겠다는 비장한 결단이었다고 한다.

　일제 때 많은 착취를 경험했고 지주 계급으로 있으면서 노동의 대가에 따라 분배되지 않는 부조리를 경험한 청년은 새로운 공동체 건설에 목말라 했다.

병원에 올 때마다 점심을 같이 먹기도 하고 산에 올라가기도 하며 할아버지의 순수함에 빠졌던 시간들이 기억난다. 나무 밑에서 가지고 간 과일을 먹으며 나눈 대화가 있다.

"이념을 지키려고 너무 많은 시간을 허비했다고 생각되지 않으세요?"

"나로서는 옳다고 생각하는 것에 최대한 양심을 지킨 것이지."

"후회하지 않으세요?"

"후회는 최선을 다하지 않은 사람들이 하는 거요."

할아버지는 양심과 최선이라는 단어를 사용하며 자신의 인생을 위로하려는 듯했다. 아니면 여전히 이상 국가를 세우려는 열망이 가득해서였을 것이다.

"할아버지가 꿈꾸던 세상이 이 땅에 존재한 적이 있나요? 앞으로 가능할까요?"

할아버지는 먼 산을 바라보며 겨우 들리는 소리로 말했다.

"또 다른 꿈을 꾸어야지. 자기 것을 자기 것이라 주장하지 않는 작은 공동체를 만들고 싶어."

할아버지에게는 아직 소년 같은 꿈이 있는 것 같았다. 하지만 스마트폰과 신용 카드를 남에게 빌려주어 많은 손해를 보고 있듯이 아직도 꿈과 현실 사이에서 방황하고 있는 듯했다.

병원 앞에서 슈퍼를 하는 70세의 할아버지가 있다. 과거 15년 동안 모든 소유를 팔아 덕소에 있는 신앙촌(천부교)에 들어가 생활한 적이 있다. 그곳에는 자기 것을 자기 것이라 주장하지 않는 천국을 꿈꾸며 많은 사람들이 모여들었다. 허무와 좌절을 경험하고 나온 지 20년이 넘었지만 아직도 정신적으로 혼란스럽다고 한다.

사회적 이념은 시대에 따라 변한다. 새로운 이념은 보통 낡은 관습과 부패, 절망을 먹고 자란다. 이념이 급변하는 시기에는 중국과 러시아의 공산 혁명과 같이 많은 사람들이 목숨을 걸며 많은 희생이 따른다. 지금은 이것도 낡은 것이 되어 버렸다.

역사는 반복될 뿐이다. 진실로 새로운 것은 아무것도 없다. 모두 과거에 있던 것이다. 인간이 만든 이념이나 신념은 변하며 헛되고 헛되지만 시대에 따라 변하지 않는 것이 진리이다. 이념은 많은 사람을 죽이지만 진리는 사람을 살린다.

할아버지가 전향을 결심한 것은 고문이 아니라 면회 온 손자의 한마디였다.

"할아버지, 같이 살아요."

슈퍼를 하는 할아버지가 신앙촌에서 나온 이유도 가족의 사랑이었다.

'같이 사랑하면서 살자.'

가족이 사랑하면서 행복하게 사는 것이 진리이고 모든 이념도 이 진리 안에 포함되어야 한다. 가정이 붕괴되어 사회가 불안해질 때 이념으로 도피하게 되고, 교회가 타락하면 구원파와 같은 이단들에 중독된다. 이념이나 이단들은 마약과 같은 중독성이 있기 때문이다.

히말라야 산맥에 있는 작은 나라 부탄 공화국은 세계에서 가장 행복한 나라이다. 2007년까지는 왕이 지배하는 나라였지만 왕은 스스로 왕의 자리에서 내려왔다. 국민 소득이 2,000불 정도인 이 나라는 국민 행복 지수를 가장 중요하게 생각하고 정책에 반영하는 나라이다.

나라에서 어떤 공사를 하는데도 이 공사가 '국민을 행복하게 할 것인가?'가 초점이다. 아무리 돈을 많이 벌어들이는 사업이라도 국민의 행복에 도움이 되지 않으면 하지 않는다.

세계에서 유일한 분단국가인 우리나라는 진보와 보수, 세대 간 갈등, 빈부와 지역 간 갈등으로 몸살을 앓고 있고 행복 지수가 OECD 국가 중에서 가장 낮다. (자살률과 출산율이 세계 1위다.)

정부 지도자들은 잘사는 나라를 만들어 보겠다고 말한다. 국민 소득이 많아지면 행복할 줄 알았지만 더욱 힘들어지고 있는 것이 현실이다.

'잘살아 보세!'보다는 '행복해 보세!'가 울려 퍼지는 대한민국이 되기를 소망한다.

성 중독

오늘 아침에 출근하니 한 시간 전에 왔다는 30세의 남자 환자가 초조한 모습으로 나를 기다리고 있었다.

"어디가 불편하시죠?"

"저어⋯⋯."

말문을 열지 못하고 주저한다. 눈을 바로 응시하지 못하고 불면과 염려로 얼굴이 초췌해 보였다. 그렇게 망설이다가 입을 열기 시작한다. 큰 용기를 내서 있는 힘을 다해 말하는 것 같았다.

어제 저녁에 자위를 하다가 볼펜 뚜껑이 요도 속으로 들어갔는데 다시 나오지 않아 아프단다. 나도 요도 자위에 대해 책으로 보아 알고 있었지만 환자를 직접 본 것은 처음이었다.

모나미 볼펜이 아니라 두꺼운 볼펜 뚜껑이었다. 앞쪽이 가늘고 둥글지만 끝은 굵고 각이 있어 깊숙이 들어간 것이 나오지 않고 부어 있었다.

"남편이 이상한 행동을 해요."

일주일 전 남편의 이상한 행동으로 고민하던 40대의 여인이 병원을 방문했다. 아내와 아이들은 지방에 살고 있고 남편은 서울에서 직장 생활을 하는 주말 부부였다. 남편은 1-2주일마다 집에 온다고 했다.

그러던 어느 날 아내는 남편이 있는 서울의 집에 들렀다가 여자 속옷과 브래지어, 치마 등이 여기저기 널려 있는 것을 보고 놀랐다. 남편도 자신이 한심한 듯 내가 왜 이러는지 모르겠다고 한숨을 쉬었단다.

요즘은 사람이 많이 다니는 곳에 차를 세워 두고 차 안에서 자위를 한다고 아내에게 고백하기도 했다고 한다. 남편은 텔레비전에도 자주 나오는 유명인사인데 증상이 점점 심해진다고 스스로 걱정하고 있다.

"정상으로 돌아가고 싶은데 방법이 없나요?"

남편은 스스로 문제가 있다고, 도움이 필요하다고 아내에게 말했다. 좋은 남편, 좋은 아빠가 되고 싶은데 왜 이러는지 모르겠다고.

이상의 두 환자에게서 보듯이 성 중독은 포르노와 자위 중독에서부터 소아 기호증, 물품 수집증, 성폭행, 살인에 이르기까지 다양하다. 모든 중독(술, 마약, 성, 음식)이 마찬가지지만 중독은 내성을 가져 점점 심해지는 양상을 보인다. 술이나 마약도 점점 많이, 더 강한 물질을 찾게 되고, 도박도 판돈을 많이 걸게 되는 것과 마찬가지다.

성 중독자들은 대부분 암암리에 학대가 행해진 병적인 가정에서 자라난 사람들이다. 학대는 건강하지 못한 방법으로 수치감을 느끼도록 유도한다. 그들이 습득한 학대와 수치심은 대부분 그들의 부모와 가족 구성원들로부터 기인된 경우가 많다.

성 중독자들은 고통스러운 감정을 견딜 수 없기 때문에 성행위를 통해 그 감정으로부터 도피하려고 한다. 연구에 의하면 성행위와 성적 공상은 뇌의 화학 작용을 바꾸어 강력한 쾌감을 산출해 낸다. 그러나 수치심에 빠지고 외로움에 젖는다. 그 수치심으로부터 도피하고 고독감을 채우기 위해 다시 왜곡된 성적 행위를 하게 되고, 다시 수치심을 느끼고, 다시 행위로 도피하는 등 중독 사이클에서 벗어나지 못하게 되는 것이다.

최근 가수 겸 배우 박유천과 야구 선수 김상현의 성 문제로 시끄러웠다. 전에는 전 미국 대통령 클린턴이 자신의 성 중독 성향을 '내 안의 악마'라고 표현하기도 했다. 그는 어린 시절 알코올 중독자였던 계부와 도박을 좋아했던 어머니에게서 받은 외로움과 공허함, 사랑 부족, 받아들여지지 못한 결핍을 자극적인 쾌락을 주는 부적절한 섹스로 풀려고 했다고 고백하기도 했다.

우리나라 대통령이 집무실 내 비서와 부적절한 성관계임이 알려지면 아마도 물러나게 될 것이다. 그러나 잘못을 인정하고 회복하겠다는 의지가 있는 사람에게 기회를 주는 사회가 건강한 사회다. 국민 모두가 연약한 존재이고 서로 격려하면서 살아야 한다는 전제가 깔려 있기 때문이다. 다시 시작하도록 회복시킬 책임이 우리 모두에게 있다.

성 중독은 사랑받지 못해서 생긴 병이다. 부모로부터 마음의 사랑을 받지 못해 생기는 몸부림이다. 중독자들은 자신들이 열등한 존재라는 생각을 가지며 외로움이라는 감정을 끌어안고 살게 된다. 자신을 용납하고 지지하는 것보다 비난하는 목소리가 크기 때문에 그것이 너무나 고통스러워 회피하는 도구로 성을 택하게 되는 것이다.

이런 중독자들은 사람들과 관계를 맺을 줄 모르기 때문에 직장 생활이 힘들다. 막노동을 하거나 직장이 없는 경우가 많다. 결혼을 하더라도 친밀한 부부 관계를 맺지 못해 혼자 문을 걸어 잠그고 자위를 하는 경우가 대부분이다. 보통 이혼으로 끝나는 경우가 많다.

신혼 초의 아내들이 남편의 이상 행동으로 친정 엄마와 함께 병원에 와서 상담하는 경우가 있고 전화나 메일로 상담하는 경우도 종종 있는데 그들과는 같이 사는 것이 힘들고 비참하다. 성은 자연스러운 것이며 부부간 순결과 청결과 즐거움으로 행해질 때 가정을 건강하게 하고 행복하게 만든다.

어린 시절 자신도 모르게 습득된 부정적·정서적 틀로 열등감과 수치심을 가졌다는 것을 인정하는 것이 치료의 시작이다. 내 안에 있는 고통과 억눌림을 치료해야 한다.

중독자의 모임에 가면 이러한 원칙들을 가지고 자신들의 아픔과 자신들이 경험한 것들을 나눈다. 비슷한 아픔과 경험들을 나누면서 위로와 격려를 받는다. 자신들의 이름을 밝히지 않는 익명 모임이기 때문에 과거를 숨김없이 나눌 수 있다.

이런 모든 사회적 현상들이 역기능 가정에서 시작된다는 것을 환자에게 말해 주었다. 그리고 본인의 잘못이 아니며 자신도 피해자라는 것을 알고 수치심으로부터 해방되는 것이 중요하다고 위로해 주었다.

치료를 위해서 자신이 중독자임을 인정해야 하고, 스스로 치료될 수 없으며(스스로 치료하면 중독자가 아니다), 정신과에 입원한다고 치료가 되는 것이 아니다. 그래서 절대자의 간섭이 필요하다고 말해 주었다.

또 우리나라는 성 문제 해결에 있어서 후진국이다. 성 문제가 발생하면 문제를 일으킨 사람을 짐승 취급하며 손가락질한다. 밑바닥에 있는 슬픔과 외로움은 전혀 생각하지 않는다. 병원을 방문하는 성 중독 환자는 나와 차이가 없는 연약한 사람이고 단지 병든 사람일 뿐이다.

우리 모두는 사랑받기 위해 태어난 존재들이지만 사랑할 수 없는 존재라는 겸손과 애통이 필요하다고.

신음 소리

일주일 전 50대 초반의 부부가 상담을 위해 내원했다. 남편의 불만은 아내가 성관계를 거부하는 건 아니지만 의무적으로 숙제하듯이 아무 반응 없이 끝낸다는 것이었다.

20년 이상을 그렇게 살다 보니 짜증이 나고 삶에 활력이 없다고 불평했다. 많은 사람들이 잉꼬부부라며 부러워하고 있지만 속을 들여다보면 그렇지만은 않다고도 했다.

행복은 배려와 존경으로 소통이 이루어져야 얻어지는 것이다. 그리고 이 소통은 언어적 소통과 몸의 소통 모두가 온전히 이루어져야 완전해진다. 다시 말해서 정서적 친밀함과 성적 친밀함이 모두 필요한 것이다.

몸의 소통, 즉 성적 친밀함은 어떻게 얻어지는가? 정서적 친밀함이 서로의 말에 긍정적으로 반응할 때 얻어지는 것처럼 몸의 소통도 몸이 서로 반응할 때 얻어진다.

과업중심적인 남자들은 성관계도 과업적으로 한다. '오늘 밤 끝내주겠다.' 또는 '오늘은 나의 모든 걸 보여 주겠다.' 같은 마음을 갖고 전투에 임한다. 아내의 성적 반응이 없으면 무기가 중간에 죽어 버리거나 도중에 발사되기가 쉽고 적군에 포로가 된 것처럼 고개 숙인 남자가 된다. 몸의 소통이 단절되면 정서적 친밀함도 사라지게 되고 갈등이 싹트기 시작한다.

아내가 흥분해 신음 소리를 내고 오르가슴에 도달해서 몸을 부르르 떨기라도 하면 남자는 개선장군처럼 의기양양하게 고개를 쳐든다. 남자의 오르가슴은 사정하는 데 있지 않고 아내가 성적 반응을 어떻게 하는가에 달려 있다. 한 번 승리를 맛본 사람은 계속해서 승리할 수 있지만 이긴 적이 없는 장수는 싸울 때마다 긴장하며 그럴수록 무력감에 빠지게 되어 계속 고개를 숙이게 된다.

이기고 지는 것은 자신의 무기와 무술에도 약간의 책임이 있다. 싸움의 승패는 상대에 따라 결정된다. 지혜로운 아내는 칼을 잘 쓰지 못하는 남편과 성관계를 할 때 신음 소리를 내어 무기가 시들지 않게 격려하고 애쓴다. 과업을 잘 완수하고 있는 줄 아는 남편은 긴장에서 해방되고 싸움에서 승리하게 된다.

골프나 테니스를 비롯해 모든 운동이 긴장을 풀고 힘을 빼야 잘할 수 있듯이 성관계도 긴장을 풀어야 발기가 잘 된다. 긴장을 하면 혈관이 수축하여 해면체로 가는 혈관을 막아 발기 부전이 되는 것이다.

'남자는 여자 하기 나름이에요.'라는 어느 광고 문구가 아니더라도 원래 남자는 여자 하기 나름이다. 관계 도중 발기가 죽거나 사정이 빨라 풀이 죽어 있는 남편에게 "당신 잘하는 게 뭐 있어! 돈을 잘 벌어, 밤에 일을 잘해! 아이고, 내 팔자야!" 하면 남자는 싸움에 나가 칼을 쓰지 못하고 군복을 벗으며 서서히 명퇴를 준비하게 된다. 대신 "오늘 피곤한 모양이니 다음에 잘합시다." 하고 격려하면 그때는 분명 칼춤을 추며 적군을 모두 베어 버릴 때처럼 신음 소리가 여기저기서 들릴 것이다.

흥분해도 신음 소리를 참는 경우, 남자는 과업 완수를 알 길이 없어 계속 싸울 에너지를 얻을 수 없다. 물론 옆방에 시부모님이 계실 때, 아이들이 안 자고 있을 때는 신음 소리를 내기 힘들다. 이런 경우는 가끔 야전에서 전투를 하는 것이 승리할 확률이 높다. 교외로 드라이브를 하고 외식을 하며 펜션이나 모텔에서의 하룻밤을 보내라. 집에서는 오르가슴에 도달하지 못해도 밖에서는 마음이 열려 승리의 합창이 들릴 것이며 모든 스트레스가 사라질 것이다.

음란하다고 할까 봐 신음 소리를 억지로 참는 여자도 있는데 좀 더 인생을 즐겁고 행복하게 살기 위해서는 풍악을 울려야 한다. 남편은 당신을 절대 음란한 여자로 여기지 않으며, 자신의 과업을 잘 완수하고 있다고 믿어 이 믿음을 바탕으로 사업도 창조적으로 잘할 것이다.

남편을 장악하기 위해 신음 소리를 참는 여자도 있다. 신음 소리를 내면 남편에게 정복당했다고 느끼기 때문에 흥분해도 눈을 부릅뜨고 입술을 깨물며 참는 것이다. 이것은 처음부터 목적이 잘못된 것이다. 남편의 권위를 세워 주고 힘을 주기 위해 성적 반응을 하고 돕는 역할을 해야 한다는 사실을 배워 실천하면 집안이 행복해지고 자녀들에게도 정서적 안정이 온다.

부부의 몸과 마음과 영이 하나 되어야 자녀들도 정서적으로 안정되기 때문이다. 남자들은 별거 아니다. 자신을 인정해 주고 칭찬해 주면 살아나는 존재다.

오늘은 40대 후반의 부부가 동일한 상담을 받으러 방문했다. 일주일 전에 왔던 선배 부부가 보내서 왔다고 한다. 선배 부부는 요즘 무엇이 그리 좋은지 항상 즐거운 표정이란다.

보통 행복하기 위해서 건강, 재정, 일, 유머 등을 말한다. 성은 행복한 부부의 삶에서 30% 정도 차지하지만 위와 같은, 또는 더 심한 성적 문제가 발생하면 80% 정도로 절대적 영향을 미친다.

경쟁적이고 이기적인 전쟁터다. 부부의 몸과 마음이 하나 되지 않으면 이 전장에서 이길 수 없고 상처투성이가 되기 쉽다. 성적 충만함은 삶을 옥죄이던 사슬을 끊어내고 더 큰 비전을 향해 나아갈 수 있게 만든다. 또 성적 충만함은 성령 충만함에 이르게 한다.

소통이 안 될 때 소외감을 느끼게 되고, 그것이 우울증이 되거나 심해지면 이혼, 자살을 하기도 한다. 밖에서 성 문제를 일으키는 대부분의 유명 인사들은 집에서 배우자와의 성적 소통이 원만하지 못한 사람들이다. 부부간에 성이 순결하고 즐겁게 이뤄지지 않으면 밖으로 향하게 되어 있다.

모든 자아를 내려놓고 풍악을 울릴 때 진정한 하나가 되고 낙원이 임할 것이다.

성기 크기

　자신의 성기가 작다고 생각하여 병원을 찾는 사람이 많은데 10대에서 60대까지 연령층도 다양하다.

　작다는 열등의식에 사로잡힌 사람 중 60세가 넘도록 공중목욕탕에 간 적이 없는 사람도 있고, 그 나이가 되도록 결혼을 하지 않은 사람도 있다. 군대 가기 직전의 청년들도 목욕탕에 가지 않고 혼자 집에서 샤워하다가 입대 후에 자신의 성기가 작다는 것이 노출될 게 두렵고 떨려 찾아온다.

　미취학 자녀들을 데리고 오는 아버지도 있다.

　"아들의 성기가 너무 작은 것 같은데 나중에 문제없나요?"

　남자들은 크고 강한 것에 집착하는 경향이 있어 김두한이나 시라소니의 신화를 동경한다. 주먹이나 발길질을 하며 비슷한 흉내를 내기도 하고, 약함을 보이거나 '작다'는 것이 남에게 발각되면 수치심에 어쩔 줄을 몰라 한다.

　어떤 40대의 남자 환자는 아내가 "당신 성기가 작은 것 같다."라고 했다는 이유로 냉전을 지속하다가 이혼했다고 한다. 그것만 보아도 남자들이 자신의 성기 크기에 얼마나 예민한가를 알 수 있다. 키가 작다는 말은 견딜 수 있어도 성기가 작다는 말은 참지 못한다.

지난주에는 10년 전에 음경암으로 성기를 절단한 60대 후반의 환자가 내원했다. 사업상 술집에서 2차를 가는 일도 있는데 아가씨에게 돈을 주며 '끝내주는 남자'라고 소문을 내 달라고 부탁한단다. 제거된 남성이 알려지는 것이 두려운 것이다.

오늘 자신의 성기가 작다고 내원한 63세 환자도 공중목욕탕에 간 적이 없고, 결혼도 하지 않은 채 살아왔다고 한다. 자신이 죽으면 시신을 많은 사람이 볼 텐데 그때 성기가 크게 보였으면 하는 바람이 있단다. 그 이야기를 들었을 때 그분의 성적 열등감이 어느 정도로 사무쳐 있는지 알 수 있었다.

이런 사람들은 돈과 명예에 집착하는 경향이 있고 권위적인 경향을 보이기도 한다. 또 아무리 성기를 크게 한다고 해도 만족하지 않고 더 크게 하기를 원하는데, 병원에서 해 주지 않으면 자신들이 집에서 바셀린 등으로 크게 만들려 하다가 성기를 아주 망치는 경우가 많다. 그런 모습은 가끔 목욕탕 등에서도 볼 수 있다.

성기가 크기만 한 것은 성생활에 도움을 주지 못하고 오히려 부인과 질환을 야기할 뿐이다. 부인과 질환의 많은 부분이 남자의 성기가 크고 성관계 시 깊숙이 삽입하는 데서 발생한다.

실제로 그 환자의 성기는 작지 않았다. (성기를 자신이 직접 내려다보면 실물 크기보다 작게 보이고, 비만인 사람의 경우에는 아예 보이지도 않는다.) 환자의 성기가 작지 않다는 것을 보여 주기 위해 거울 앞에서 필자와 환자가 함께 바지를 내리고 성기 크기를 비교했다. 자신의 것이 작지 않다는 것을 확인한 환자의 얼굴빛이 환하게 빛났다.

남자의 뇌는 온통 섹스로 가득 차 있는 반면 여자의 뇌는 그냥 함께 있고 싶은 마음으로 가득하다. 이 생리적인 기질은 대통령에서부터 노숙자에게까지 동일하다. 섹스 중독 환자들이 300만 명으로 추산되고 있는데 이 중 70% 이상이 성적 열등의식을 갖고 있는 사람들이다. 부모로부터 선택받고 싶은 요구가 충족되지 못하고 자란 사람들이 수치심과 열등감에 사로잡혀 있는데, 이들에게는 성적 열등감과 거절에 대한 두려움이 있다.

자신의 성기 크기에 집착하는 사람들은 유복하게 자란 사람들이 아니다. 자신이 가지고 태어난 외모나 능력을 다른 사람과 비교당하면서 자란 사람들은 정상적인 대인 관계를 갖지 못한다. 따라서 정상적인 가정을 꾸리지 못하고 정상적인 성관계도 하지 못한다. 거절에 대한 두려움이 자신의 성기 크기에 투영되어 집착하게 되는 것이다.

스스로 무거운 짐을 지고 비교당하며 자유롭지 못하게 어둠에 끌려 다닌다. 가끔 신문에 보도되는 성추행 살인 사건도 대부분 이런 사람들에 의해 자행된다. 부모와 자신에 대한 분노가 사회적 분노로 표출되고 범죄로까지 이어진다.

사람의 인생은 사연으로 작동한다. 자신이 기억하지 못하는 엄마 배 속에서 시작해서 만 3세까지의 집안 분위기가 평생을 지배하는 정서적 틀을 형성해 버린다. 나도 일찍 이것을 알고 열등감이나 수치심에서 자유로워졌다면 지금보다 알찬 인생을 보냈을 것이다.

우리는 독특하게 창조된 하나밖에 없는 귀한 존재이고, 자유와 해방과 기쁨으로 충만한 삶을 살기 위해 태어났다. 어쩔 수 없이 주어진 환경을 인정하며 이해하고, 그것이 자신의 책임이 아니라는 것을 선포하며, 어둠에서 빛으로 변화를 받아 삶을 풍요롭고 기쁘게 살아야 한다.

성격 차이, 성적 차이

"표정이 좋습니다. 무슨 좋은 일이라도 있나요?"

"그렇게 보입니까? 실은 어제 아내에게 모든 것을 다 털어놓았어요."

결혼 10년차인 40대 초반의 남자가 내원했다. 무엇이 좋은지 얼굴에 웃음이 가득했다. 남자는 자신의 이야기를 하기 시작했다.

자신은 성관계 시 사정이 빨라 10년 동안 아내가 모르는 힘든 시간을 보냈다고 했다. 사정이 빠르다는 것이 수치스러워 아내와의 성관계를 피했고, 두 달에 한 번 의무 방어전으로 관계를 할 때도 술에 완전히 취한 상태에서 성관계를 가졌다고도 했다. 취할 정도로 마시면 어느 정도 사정을 늦출 수가 있었다고.

긴 이야기를 하는 동안 아내는 계속 눈물을 흘렸다고 한다. 남편이 자신을 싫어하는 줄 알았다고, 다른 여자가 생겨서 성관계도 피하고 늦게 들어오는 줄 알았다고 말이다. 자신을 사랑하지 않으면서 술김에 본능적으로 성관계를 한다고 생각했었단다. 아내는 이혼을 결심하고 친정어머니에게도 더 이상 기다릴 수 없다고 말했었다.

"당신이 말해 주지 않았다면 이혼할 뻔했네요."

그는 어제부터 갇힌 곳에서 나오게 되었고 포로였다가 해방된 느낌이라고 했다.

"내 안에 어둠이 걷히고 빛이 들어온 느낌이네요. 표정에도 나타나는 모양이죠?"

남편의 고백이 아내를 살렸고, 자신을 살렸고, 가정을 살렸다. 그리고 자녀들을 살렸다.

우리나라 성인 남자 중 약 200만 명이 조루증 환자이다. 조루증의 정의는 과거만 해도 정상적인 성적 반응을 하는 여자가 만족하기 전에 남자가 먼저 사정하는 것이었다. 그러나 최근에는 삽입한 후 1분 이내로 사정하는 것이라고 정의되고 있다.

이 중에 10%에 해당하는 사람만이 병원을 방문한다. 90%에 해당하는 사람은 혼자 고민하고, 수치심으로 아내를 피하기 위해 술을 먹거나 집에 늦게 들어가고, 회사 일에 몰두하고, 자기만의 취미 생활에 빠지든가 외도를 하기도 한다. (외도를 하는 경우 사정이 빠르더라도 수치심을 느끼지 않기 때문이다.) 집에서는 권위적이 되기도 하는데, 말이 권위적이지, 수치심을 가장하기 위한 것이다. 또는 위의 경우처럼 자신이 아는 방법으로 마취제를 사용하거나 관계할 때마다 취해서 한다. 이렇게 하면 약간의 도움이 되기도 하지만 자연스럽지 못하고 불쾌하게 느껴진다.

병원을 찾는 그 10%도 병원 문턱을 쉽게 넘지는 못한다. 병원 문 앞까지 왔다가 돌아가기를 반복, 3일 만에 들어오는 사람도 있다. 어제는 아침 10시에 왔다가 병원 주위를 돌고 오후 3시에 들어온 사람도 있었다. 일단 병원을 방문하는 사람은 쉽게 치료받을 수 있다.

행복한 부부 생활에서 성이 차지하는 비율은 30% 정도 된다. 그러나 성적인 문제들(조루증과 발기 부전, 불감증 등의 성 기능 장애)이라든지, 임신과 출산, 그리고 아내의 성적 거절이 있을 경우 성이 차지하는 비율이 80% 정도로 올라간다. 말은 하지 않지만 삶 가운데 성(性)이 돈이나 자녀들, 직장보다 큰 비중을 차지하게 된다.

재정의 문제, 자녀 문제, 직장 문제를 감수하면서 이혼을 한다. 이들은 이혼할 때 보통 성격 차이(이혼 이유의 50%)라고 말하지만 그 이면에는 성적인 문제가 깔려 있는 경우가 대부분이다.

성매매와 불륜, 동성애 등 왜곡된 성이 넘치는 시대에 살고 있다. 왜곡된 성은 가정에서 부부 사이에 친밀하고 즐거운 성생활이 없기 때문에 일어나는 현상이다. 부부간 성적 친밀함은 정서적 친밀함을 전제로 한다. 정서적 친밀함은 부부가 서로 연약함을 고백하고 위로와 격려로 하나가 되어야 얻을 수 있다.

사람들, 특히 남자들은 자신이 꽤 괜찮은 사람이라고 인정받고 살기를 원한다. 남성 호르몬의 영향이다. 과업적인 남자는 존경받기를 원하는 존재이다. 그래서 연약하고 부족한 부분을 아내에게 감추려고 한다. 평생 무거운 짐을 지고 가는 이유이

기도 하다.

우리는 서로의 옷을 벗어야 한다. 그리고 부끄러워하지 말아야 한다. 그래야 부부가 한 마음이 될 수 있고 포로가 된 것으로부터 해방될 수 있다.

OH, NO!

"개인택시 운전을 하다가 손님이 준 박카스를 먹고 정신을 잃었습니다. 깼을 때는 모텔이었는데 항문 성교를 당했습니다. 돈은 없어지지 않았습니다. 혹시 무슨 병이 전염되었는지 걱정됩니다."

성을 거절하는 아내와 이혼한 후 혼자 택시 운전을 하며 사는 45세의 남자가 내원해서 했던 하소연이다. 검사 결과 항문 주위 상처 외에 전염된 병은 없었다.

그리고 2개월 후에 그가 병원을 다시 찾아왔다. 남자와 성관계를 하고 싶은 충동을 느끼게 되어 걱정된다는 것이었다.

그리고 또 다른 환자가 있다. 이 환자는 지금 동성애자가 되어 있다.

"거래처 사장과 술을 마셨습니다. 혼자 사는 사장이 자신의 집에서 한잔 더 하자고 해서 따라갔습니다. 나는 기러기 아빠인데, 평소 나에게 친절하게 잘해 주는 큰 거래처이기에 많이 마셨습니다. 새벽에 이상한 느낌이 들어 잠이 깨어 보니 사장이 나의 성기를 입으로 애무하고 있었습니다. 당황했지만 싫지가 않았습니다. 난생 처음 겪은 일입니다. 아내와도 오럴은 없었습니다."

나는 그 거래처 사장과 사업 외에 술을 마시거나 다른 관계를 하지 말라고 충고하였다.

몇 달 후 환자가 다시 찾아왔다. 그 사장과 구강성교를 계속하고 있는데 점점 빠져들어 가고 있다며 자신이 동성애자인지를 물었다. 나는 동성애는 특별한 형태의 성 중독이고, 다른 성 중독보다 회복되기가 더 힘들다고 말했다. 다른 중독은 자신만 빠져나오면 되지만 동성애는 파트너가 있기 때문이라고도 말해 주었다.

위의 두 환자는 결혼을 했던, 그리고 결혼을 하고 있는 상태에서 동성과의 원치 않는 성적 경험을 통하여 동성애자가 되었다.

첫 번째 케이스는 자신에게 성적 수치심을 준 아내와 헤어지고 잠재된 성적 욕구를 동성애적 방법으로 채운 후 동성애자가 된 경우이고, 후자의 경우는 오럴 섹스를 완강하게 거부하던 아내가 아이들 때문에 외국에 나간 사이에 동성으로부터 오럴을 받고 동성애자가 된 경우다.

후자의 환자는 집에서 아내와 성관계를 하지 않지만 아이들에 대한 책임은 다하고 있다고 한다. 그리고 이제 그 사장뿐만 아니라 많은 남자와 구강성교와 항문 성교를 하고 있으며 "원장님도 좋아한다."고 말했다.

동성애의 정의에 대해서 학자들 간에 여러 의견이 있지만 일반적으로는 다음과 같은 세 가지 특징이 있을 때 동성애자로 분류한다.

첫째, 마음 안에 동성을 향한 성적 끌림을 가지고 있다. 둘째, 어렸을 적 한두 번 실제로 행동으로 옮겨 동성과의 성관계를 가진 적이 있다. 셋째, 자신을 동성애자로 인정하는, 동성애자로서의 성 정체성을 갖는다.

쉽게 비유하자면 술을 마시고 싶다는 생각을 하는 경우와 실제로 술을 가끔 마시는 사람, 또 술이 없으면 살 수 없는 존재라고 스스로 인식하는 알코올 중독자와 같은 단계라고 설명할 수 있겠다.

동성애를 중독으로 볼 때 스스로 동성애자로서의 정체성을 가진 사람들만 동성애자로 보는 것이 타당하다고 본다. 이렇게 볼 때 미국의 동성애자의 비율은 남자가 약 1%이며 여자가 0.6%이다. 한국의 경우는 남자는 0.2%, 여자는 0.06% 이하일 것이라고 추정된다. 이러한 추정치는 동성애자로서의 정체성을 가진 자의 비율이며, 한두 번 동성애 경험을 한 사람들까지 포함하면 이보다 많을 것이다.

처음에는 불쾌하다가 자기도 모르게 차츰 익숙해지는 것이 두려워 탈출을 시도해도 결국 점점 빠져들어 동성애자라는 정체성을 갖게 된다. 동성애라는 성 중독은 다른 성 중독과 마찬가지로 더욱 자극적인 것을 찾게 된다. 술을 점점 많이 마시게 되고, 판돈이 커지고, 강한 마약을 찾는 것과 같다.

모든 중독은 이중성이 있다. 끊고자 하는 마음과 중독이 지금까지 자신을 지켜 주고 위로해 주었다는 이중성이다. 동성애도 처음에는 이중성이 있지만 나중에는 정체성을 갖게 되는 것이 다르다. 제도적으로 인정해 주는 사회적 분위기가 영향을 주는 것 같다.

회복되는 것을 포기하고 동성애자라는 정체성에 안주해 소속감을 갖고 성적 자기 결정권을 주장하기에 이른다. 유럽이나 미국에서는 동성애를 인정하는 사회 분위기에 편승해 동성애라는 성 중독이 늘고 있다. 모든 중독은 자신의 결핍을 중독으로 도피하고 채우는 것이다.

동성애자들은 결코 행복하지 않다. 다른 중독자(술, 도박, 마약, 일)들이 행복하지 않은 것과 마찬가지다. 한 사람과 오래 교제하지 못한다. 동성 결혼한 커플들이 7년을 지속한 경우는 거의 없다.

통계적으로 정서적 틀이 비슷한 사람끼리 사랑의 감정을 느끼고 결혼을 하게 된다. 성격은 자신과 다른 사람을 의지적으로 선택하지만 정서적 틀은 의지적으로가 아니라 자기도 모르게 빠진다. 통계적으로 중독자의 자녀는 중독자의 자녀를 만나 결혼할 확률이 80% 정도 된다.

성폭행을 당한 사람이 성폭행을 당한 배우자와 사랑에 빠질 확률도 마찬가지다. 인정과 사랑을 경험하지 못한 사람끼리 결혼하면 결핍된 사랑을 배우자에게 끊임없이 요구하여 힘든 결혼 생활을 하게 되고 결국 성격 차이라는 이름으로 이혼하게 된다. 재혼하더라도 똑같은 사람을 만나게 되어 있다. 중독자 모임에 가 보면 중독자들 본인도 이런 현상에 놀란다.

동성애도 마찬가지다. 성장 과정에서 형성된 정서적 틀이 동성을 향한 끌림을 갖게 하고, 그렇게 행동하게 되어 성 정체성을 갖게 되는 것이다.

동성애가 유전적이고 선천적이라는 논문들이 동성애를 부추기고 동성애를 인정하는 법률과 제도들이 동성애자들을 활보하게 만들고 있다. 이런 논문들은 대부분 동성애자인 학자들에 의해 쓰였다. 모집단이 동성애자들로 구성되도록 목적을 위해 만들어진 논문들이 대부분이다.

만일 동성애가 유전인자에 의해 선천적이라면 대부분 이성간에 결혼을 하지 않아 자녀들을 낳을 수 없기 때문에 동성애자들은 지구상에서 사라졌어야 한다. 그리고 일란성 쌍둥이의 경우 같은 유전자를 가지고 있지만 모두 동성애자일 경우는 10% 정도다. 이것도 태아 때부터 동일한 환경 때문에 높게 나타난 것이다.

유대인 학살이나 냉전 시대에 민족과 이념의 이름으로 참혹한 만행을 경험한 전후 세대들이 기존의 질서와 제도를 부정하고 자기 결정권을 주장한다. 이런 세태에 편승하여 미국이나 유럽뿐 아니라 우리나라도 성적 자기 결정권이란 이름으로 동성애에 대한 합법화 움직임이 일어나고 있으며 정치권은 눈치를 보고 있는 실정이다. 피부색이나 선천적 장애에 대한 보호와 동성애자들에 대한 보호는 다른 차원이다.

동성애자들이 병원에 환자로 방문하기도 하고 메일로 상담을 하기도 한다. 동성애 자체에 대한 죄책감을 가지고 정상으로 돌아가고 싶다며 상담한다. (항문에 생긴 성병성 사마귀 환자 중 일부는 동성애자이다.)

아직까지 우리나라의 동성애자들은 자신의 권익을 보호하기보다 숨기는 경향이 있다. 동성애자들은 얼굴에 뿔이 달린 사람도 아니고 화성에서 온 사람도 아니다. 그냥 직장에 잘 다니고 있는 사람들이다. 독신주의를 정죄하지 않듯이 동성애자들을 정죄하는 것은 잘못이다. 그렇지만 정상이라고 생각하는 것도 잘못된 생각이다.

동성애의 원인은 아직 명확하게 밝혀지지 않고 있지만 정자와 난자가 만나서 잉태하는 과정에서부터 출산 후 3년간 엄마의 정서적 상태와 가정의 정서적 환경이 결정적 역할을 한다는 것이 일반적 견해이다. 이것은 이성과 동성 어느 쪽과도 결혼하고 싶은 마음이 들지 않는 독신주의의 형성과 비슷하다.

이성에도 관심이 있는 양성애자들을 제외하고, 동성애자들은 이성에게 사랑의 감정과 성적 자극을 느끼지 못한다. 그들이 결혼하기로 했을 때 그것을 인정하고 법적·사회적으로 받아들이겠다는 것이 동성 결혼을 합법화하는 나라들의 견해다. 아무리 소수자의 인권을 보호해 주자는 것이라지만 몇 가지 조항을 넣어야 한다고 생각한다.

일부 동성 결혼을 한 가정에서 입양을 하여 아이를 양육하거나 여자끼리 사는 가정에서 자녀를 낳기 위해 남자와 성관계를 하기도 한다. 남자와 성관계를 가졌지만 그 남자가 아버지가 되는 것이 아니다. 남자는 성관계만 하고 떠난다. 그런 가정에서 자란 아이는 정체성의 혼돈을 가져온다. 엄마와 아버지가 모두 여자이거나 모두 남자인 경우를 보며 자랄 것이다. 자연의 질서와 사회적 질서를 무너뜨리고 이를 확대 재생산하게 될 것이다.

사랑하는 것은 자유지만 자녀 양육은 금지시키는 법안이 마련되어야 한다고 생각한다. 그리고 동성애자로서 그 자체를 고민하고 정상으로 돌아가고 싶어 하는 사람들도 상당수 있는데 이들을 도와줄 수 있는 일도 같이 강구해야 할 것이다.

마지막으로 성적 문제인데, 동성애자들의 성관계로 에이즈나 많은 성병들이 발생하게 된다. 항문 성교로 인한 여러 질병들에 대한 홍보 및 예방을 하여 이로부터 발생하는 질병에 대해서는 의료비를 자비로 하는 법률도 발의해야 할 것이다.

동성애가 합법화된 미국에서 동성애자가 많이 사는 지역을 방문한 적이 있다. 유복한 환경에서 자란 사람보다는 그렇지 못한 가정에서 자란 사람들 중 동성애자들이 많다. 술집이 많고 우울한 정서가 흐른다. 남자끼리 손을 잡고 걸으며 구석에서는 남자끼리 키스를 한다. 트랜스젠더도 빈민 지역에 많다.

우리나라에서 동성애자들이 법적 지위를 갖게 되면 동성애자임을 고백하는 것은 용기 있는 행위가 아니라 자신의 권리를 주장하는 당연한 모습으로 보일 것이다. 동성애자들을 혐오하며 정죄하는 우리들은 어떠한가? 정상적인 가정을 이루며 살고 있는가?

이혼과 별거, 불륜과 성매매로 가정의 질서는 파괴되고 상처 받은 자녀들만 남았다. 그리고 그들이 불륜을 재생산하고 있는 것이 현실이다. 고아원에 전쟁고아는 없다. 버려진 아이들이 있을 뿐이다.

지옥을 벗어날 수 있는 방법은 두 가지입니다. 첫 번째 방법은 많은 사람들이 쉽게 할 수 있습니다. 그것은 바로, 지옥을 받아들이고 그 지옥이 더 이상 보이지 않을 정도로 그것의 일부가 되는 것입니다. 두 번째 방법은 끊임없이 경각심이 필요하고 불안이 따르는 위험한 길입니다. 그것은, 즉 지옥의 한가운데서 지옥 속에 살지 않는 사람과 지옥이 아닌 것을 찾아내려 하고, 그것을 구별해 내어 지속시키고, 그것들에 공간을 부여하는 것입니다.

- 이탈로 칼비노의 『보이지 않는 도시들』

잃어버린 시간을 찾아서

1941년에 만들어진 영화 '시민 케인'은 오랜 시간이 지났지만 지금도 최고의 작품으로 꼽히고 있다.

케인이 죽으면서 남긴 말 '로즈 버드'의 의미를 알아내기 위해서 케인 생전의 사람들을 만나며 영화가 전개된다. 그리고 '로즈 버드'는 그가 어렸을 때 타고 놀던 눈썰매라는 것이 밝혀진다. 케인은 평생 술수와 책략으로 부와 명예를 얻은 후 큰 성 안에서 눈썰매를 타던 순수한 어린 시절을 회상하며 눈을 감는다.

사람들은 누구나 나이가 들면 과거의 순수함으로 돌아가고 싶어하고 지나간 것들에서 아쉬움과 향수를 느끼나 보다.

개업하다 보면 우연히 어릴 적 동무를 만나기도 하고 고향 사람을 만나기도 한다. 오랜 세월에 변해 버린 얼굴 때문에 처음엔 알아보지 못하다가 어릴 적 이야기를 한참 하다 보면 어렴풋이 옛날이 생각나고 서로를 알아보게 된다.

오늘은 1960년대 동대문 근처에서 중고 운동구점을 하시던 80대 중반의 할아버지가 오셨다. 이야기를 하다 보니 내가 자주 들렀던 가게의 주인이었다. 많은 고객 중 하나였던 (당시 중학생이던) 나를 알아보지는 못하셨지만 나는 가물가물 얼굴을 기억할 수 있었다. 주로 야구 글러브를 교환하거나 야구공과 배트를 사러 갔었다.

1960년대 초의 동대문 야구장은 잔디가 없는 맨땅이었고, 스탠드는 의자가 없는 시멘트 좌석이었다. 외야에는 미루나무가 서 있었고, 그 뒤편에는 커다란 박스가 있어 지금의 전광판 역할을 했다. 스코어나 선수 이름도 점수가 날 때마다, 선수가 바뀔 때마다 분필로 써서 갈아 끼웠다.

나중에 미루나무가 없어지고, 외야 스탠드와 의자도 만들어지고, 전광판도 새로 생겼다. 전광판이 생기면서 그 안에서 일하던 사람들은 직장을 잃었을 것이다.

전차 종점이 있었고, 덕수 중·고등학교와 맞은편에는 계림 극장이 있었다. 그곳에서 '두만강아 잘 있거라'와 '로마의 휴일'을 본 기억이 난다. 청계천에는 그때까지 그런 대로 맑은 물이 흐르고 있었다.

전차 종점은 사라진 지 오래되었고 계림 극장도 자취를 감췄다. 동대문 운동장 주위에서 만년필을 고쳐 주던 노점상들도, 주변에 들끓던 야바위꾼들도 보이지 않는다. 그때를 생각하면 흘러간 반세기의 시간들이 낡은 흑백 사진처럼 떠오른다.

계림 극장에서 보았던 영화 '두만강아 잘 있거라'를 다시 보았다. 영화 진흥 공사에서 필름을 찾아내어 복원한 것이다. 김석훈, 황해, 문정숙, 엄앵란, 장동휘, 허장강, 이대엽, 박노식 등 당시 인기 배우들이 총출동한 흑백 영화다.

흑백 영화를 보면 그 당시 서울의 흔적을 볼 수 있다. 그때의 거리 풍경과 주택 구조, 입고 있는 옷과 구두, 오염되지 않은 하늘과 별, 시냇물이 보인다. 부뚜막이 있고, 양은 냄비와 검은 솥이 아궁이에 걸려 있고, 지붕은 기름종이로 덮여 있다. 흙벽돌로 지은 집들, 자동차와 함께 우마차가 다니는 신호등 없는 한가한 도로, 한강에서의 뱃놀이, 겨울 논에서 썰매를 타고 팽이를 치는 아이들, 소방서 망대가 동네에서 가장 높은 건물로 보이는 장면, 털모자와 목도리들을 보고 있으면 가슴속 어린 시절의 향수가 저려 온다.

그리고 아버지가 어깨에 힘을 주고 누런 월급봉투를 아내에게 갖다 주는 장면에서는 지금은 볼 수 없는 아버지의 권위가 느껴진다. 적어도 7-8명 되는 대가족이 작은 방에 옹기종기 모여 앉아 밥을 먹는 것도 지금은 보기 드문 광경이다.

'오발탄', '마부', '오인의 해병', '두만강아 잘 있거라' 등을 내가 극장에서 본 것은 초등학교와 중학교 시절이었다. 한동안 영화에 빠져 초등학교 5-6학년과 때와 중학교 3년 동인 극장에서 상영된 우리나라 영화와 외화를 모두 본 것 같다. 공부에는 흥미가 없어 성적이 바닥인 친구들끼리 삼류 극장, 가끔은 재개봉관을 돌아다닌 시절이었다. (삼류 극장에서는 영화 두 편을 동시 상영하였으며 계림 극장은 우리가 갔던 극장 중 하나였다.)

극장에 들어갈 돈이 없으면 담을 넘거나 개구멍을 통했다. 영화 포스터를 붙인 집에 사정해서 입장권을 얻어 들어가기도 하고, 가끔은 친구의 도움으로 입장하기도 하였는데 몰래 들어가다 들켜 혼난 적이 한두 번이 아니었다. 키스 장면이 나오거나 가슴이 약간 파인 옷을 입은 여배우가 나오는 영화는 학생이 입장할 수 없었다.

운 좋게 담을 넘거나 개구멍을 통해 들어가서 보게 되면 다음 날 학교에서 아이들을 모아 놓고 각 장면들을 이야기해 주며 보내던 시절. 지금 생각하면 웃음이 나오기도 하는 아무 욕심 없이 행복했던 시간이었다.

그때의 영화는 스토리 전개가 느릿느릿하고 삶이 한가로운 것이 특징이다. 1950년대와 1960년대에 비해서 지금의 삶이 얼마나 분주해지고 복잡해졌는지를 알게 된다. 흑백 영화에는 텔레비전과 고층 건물이 등장하지 않는다. 신호등이 거의 없고, 차와 우마차가 함께 다니는 한가한 도로가 있을 뿐이다.

또 옛날 영화에는 폭력과 욕설, 노출과 분주함이 없다. 겸손과 순수, 질서만이 있을 뿐이다. 영화에 나오는 공원 벤치는 지금의 공원 벤치가 아니다. 영화에서 부는 바람은 지금의 바람과 달리 신선하게 느껴진다. 영화 속에 나오는 가정은 요즘처럼 깨어진 가정이 아니다. 아버지를 중심으로 열심히 살아가며 온 가족이 함께 모여 함박웃음을 터트리는 행복한 가정이다.

권선징악과 해피엔딩으로 끝나는 줄거리는 단순하지만 우리 마음을 복잡하게 하지 않고, 그 당시 사람들의 삶의 방향을 짐작할 수 있게 한다. 슬픈 장면이 나오면 여기저기서 훌쩍이는 소리가 들렸고, 웃기는 장면이 나오면 폭소가 터져 나왔다.

그런데 이제 점점 메마르고 각질화되어 피리를 불어도 춤을 추지 않는 세상이 되어 버렸다.

"언제까지 가게를 하셨어요?"

"잠실 운동장이 생기고 사람들이 점점 잘살게 되면서 새 글러브를 사서 쓰는 바람에 문을 닫았지."

중고 운동구점만이 아니라 헌책방도 거의 사라졌다. 계림 극장에서 영화 간판을 그리던 사람도 직장을 잃었을 것이다.

바쁘게 살다 보니 눈 깜짝할 사이 반세기가 흘러갔다. 컴퓨터나 휴대 전화 등 그 당시 영화에서 보지 못하던 물건들이 많이 생겼고, 도로에는 차들이 넘치고, 고층 건물과 대기 오염으로 먼 산이 보이지 않는다. 도시의 빈터들과 여기저기 흐르던 개울들은 보이지 않고, 하늘에 총총하던 별들과 넉넉한 인심들, 훈훈한 인정들은 오염과 분주함 속에 묻혀 버렸다.

나도 그 속에 살면서 조금만 슬퍼도 울고, 조금만 기뻐도 웃었던 맑은 소년의 모습이 아닌 감동 없는 로봇이 되어 가고 있다.

영화 '박하사탕'을 보면 "나 다시 돌아갈래!"라는 절규와 함께 주인공이 철로 위에서 죽음을 맞이한다. 순수했던 과거로 돌아가고 싶어 절규하는 오늘날의 우리 모습이고 나의 모습이다. 먹고, 마시고, 춤추고, 노래하는 대다수의 현대인들은 문명에 희생된 사람들이다.

주인공 영호는 철로 위로 뛰어든다. 이때 돌진해 오는 기차는 멈추지 않고 계속되는 폭력적 문명을 의미한다고 할 수 있다. 영호는 문명에 의해 받은 상처를 해결하지 못하고 혼자 괴로워하다가 죽음을 맞게 되는 것이다.

나도 돌아가고 싶다. 순수했던 시절로.

> 아무래도 난 돌아가야겠어
> 이곳은 나에게 어울리지 않아
> 화려한 유혹 속에서 웃고 있지만
> 모든 것이 낯설기만 해

- 장철웅의 '서울 이곳은'

조금 있으면 눈이 내릴 것이다. 하지만 지금 내리는 눈은 50년 전 초가집 위에, 빈터 위에 내려 소복소복 쌓이는 눈이 아니다. 눈 내리는 창밖을 보면 알 수 없는 그리움에 친구에게 편지를 쓰게 하는, 감동과 아름다움을 가져다주는 그런 눈이 아니다. 아스팔트 위에 내려서 곧 더러워지는 번거로움일 뿐이다.

자동차 경적 소리에 나는 문을 닫는다.